U0025653
03
轉生成
自動販賣機的我
今天也在迷宮徘徊
Author 昼熊
Illustration
加藤いつわ

阿箱
米歐爾
拉蜜絲
絲各

休爾米

雖然不知道這傢伙是何方神聖，
但想必是比死靈王更高階的存在——
???

# 轉生成自動販賣機的我 今天也在迷宮徘徊 03

Kadokawa Fantastic Novels

# CONTENTS



Illustration:加藤いつわ

# Character

## 阿箱

前自動販賣機狂熱者。只要是
生前從自動販賣機買過的東西，
就能將其重現為自己的商品。

## 拉蜜絲

元氣百倍的怪力少女。常因為
無法掌控自己的怪力而白忙一場。
是阿箱的旅伴。

## 休爾米

優秀的魔法道具技師。是個很會
照顧人的大姊頭，拉蜜絲的兒時玩伴。

## 菻伊

說話語尾特殊的弓箭手。是個大胃
王， 愚者的奇行團的餐費支出總是
因她而吃緊。

## 熊會長

獵人協會的會長。
深謀遠慮，十分為居民著想。

## 雪莉

特種行業的經營者。
個性平易近人。

插畫／加藤いつわ

# 迷宮階層的聚落

既然已經打倒迷宮階層的霸主，接下來，只要返回老家——亦即清流之湖階層就好了。

無法行走的我，一如往常地讓拉蜜絲揹在身後移動。看在他人眼裡，體型嬌小的她，輕鬆揹起一台自動販賣機的模樣，想必十分異常吧。

必須讓拉蜜絲揹著自己移動一事，也不再讓我感覺不對勁。儘管覺得這樣的心境變化有點問題，但她的背後，果然還是最讓我怡然自得的地方。

為了返回清流之湖階層，我們正在前往這個迷宮階層的傳送陣所在處的聚落。不過，這支隊伍還真是聲勢浩大啊。

重新審視一次這群面孔後，我的感想是「大家都相當有個性呢」。

把一頭金髮紮在右側，有著燦爛又可愛的笑容，以及傲人上圍的拉蜜絲。她是我在這個世界最重要的旅伴。

有著奶茶色的一頭長髮、女漢子的氣魄，同時也是拉蜜絲兒時玩伴的休爾米。雖然她很在意自己宛如飛機場的平胸，但我覺得應該也有人性好此道喔。

言行舉止宛如紳士般睿智有禮，儘管外型是一頭巨大的熊，穿戴大衣、帽子後，看起來卻一點也不突兀的熊會長。他是這個異世界裡最值得仰賴的人……不對，是熊。

在清流之湖階層擔任守門人，是個長相凶惡的光頭佬，卻交到了女朋友的卡利歐斯。沉默寡言、蓄著平頭的戈爾賽，則是經常和他一起行動的搭檔。

另外，就是愚者的奇行團和大胃王團的成員了。

先從在這個世界聲名遠播的獵人團隊——愚者的奇行團介紹起吧。團長凱利歐爾，外表看起來像個會在西部片中登場的槍手。

總是和團長如影隨形，有著一頭大波浪藍色長髮的美麗女性，是菲爾米娜副團長。她的個性冷靜，是愚者的奇行團裡負責吐嘈的成員。

弓箭手莯伊是蓄著短髮、看起來比較中性的女孩子。說到她令人印象深刻的地方，就是會在語尾加上「哩」的特殊說話方式，以及食量相當驚人這兩點了吧。

紅白雙胞胎的阿紅和阿白，有著近乎一模一樣的外觀特徵，只能靠不同的髮色來辨別他們。另外，這兩人的個性都挺輕佻的。

剩下的，就是前貪食惡魔團、亦即大胃王團的成員。隸屬於「袋熊貓人魔」這種種族的他們，似乎是在這個異世界裡也很罕見的生物，但我覺得他們根本就是塔斯馬尼亞惡魔的半獸人。

身為隊長的米可涅，算是四名成員之中最可靠的一個。

至於佩魯，則是團裡體型最圓、看起來也最可愛的成員。他的食慾旺盛程度可比菈伊。

休特體型細瘦、毛色偏黑。似乎是副團長的他，感覺個性最冷靜。

絲各是大胃王團裡頭唯一的女性。她的一雙垂耳十分可愛。

這就是所有的成員，總共是十四人加一台的隊伍。

之後，我們似乎會在迷宮階層的聚落逗留一陣子，再返回清流之湖階層。大家似乎打算把我投影出來的迷宮階層地圖正確複寫在紙上，再把陷阱設置處等情報記錄上去，所以得暫時留在這裡幫忙。

迷宮階層的通路錯綜複雜，其中又穿插著殺傷力驚人的陷阱，因此讓人避之唯恐不及。站在獵人協會的立場，如果能設法提高這個階層的生還率，他們想必會不惜餘力吧。

在這項任務告一段落之前，我們都會暫時以迷宮階層的聚落為家。

位於迷宮主要通道上的陷阱，其設置位置和起動條件，我們大致上都已經調查過一輪。半路時常有魔物殺出來，但都被大家輕易擊退。

在沒有發生什麼特殊意外的情況下，我們在兩天後抵達了迷宮入口。

入口不見大門，也沒有衛兵。離開迷宮後，我們又走了一小段路，前方才出現一些零星的建築物，呈現出相當寂寥的光景。

在迷宮外牆的外側，是一整片荒涼的大地，連半根草都看不到。

至於建築物，看上去也只是將木柱一根根組合而成的小木屋，或是用石塊堆疊而成的正方形平房，就連聚落外側的圍牆都沒有……這裡的人要怎麼預防魔物來襲啊？

「這裡好荒涼喔。阿箱，你不覺得嗎？」

「歡迎光臨。」

「就是啊。怎麼會這麼寂寥、感受不到半點活力呢？」

「妳不知道嗎，拉蜜絲？迷宮階層這個地方，雖然充斥著攸關生死的危險，但也有機會獲得相對應的高額報酬。儘管是個死亡率高到不尋常的地方，不過，似乎也有獵人在這裡賺到了一輩子都用不完的現金呢。」

大胃王團的成員好像也說過這些話。

「會踏入這種地方的，不是對自己的身手有自信的人，就是明明沒多少實力，卻妄想一夕致富的笨蛋。」

休爾米這番話應該沒有什麼特別的意思，不過，我的視線仍不自覺地移到大胃王團的四人身上。他們有說有笑地前進著，看起來感情很融洽。

關於他們屬於何者的推論結果……就深深埋在我的心底吧。

「雖然鮮少有獵人會來，但站在獵人協會的立場，為了讓傳送陣維持運作，還是得派遣人數在最低限度的職員過來。雖說會來這裡的人很少，但要是沒有旅館或食堂這類設施，還是很不方便啊。基於這樣的理由，這裡只設置了獵人協會、旅館兼食堂、武器防具店和道具店而已。」

「原來是這樣啊。妳好博學多聞喔，休爾米。啊，不過，雖說是聚落，但這裡的外側都沒有建造防禦牆呢。這是為什麼？」

「據說，不知何故，迷宮裡的魔物都不會離開迷宮一步。再加上迷宮外頭這片大地完全沒有生物棲息，可說是鳥不生蛋的狀態。所以，其實也不需要防禦牆就是了。」

「站在協會的立場，我倒希望造訪這個階層的獵人能變得更多吶。正為此耗費苦心時，就發生了這次的事件。多虧阿箱的地圖，現在能看見未來的發展性了。非常感謝。」

熊會長從旁插話。他似乎有在一旁仔細聆聽他人對話內容，然後再看準時機插話的習慣。

「這整座迷宮，還存在著太多我們至今仍未能理解的領域。必須在每個階層安插一定人數的職員，才能避免『太晚察覺到異常變化、採取行動的當下已經太遲』這種最糟糕的情況。尤其最近階層霸主復活的現象頻傳。我總有種不好的預感吶。」

這個世界盡是一些我不懂的事情。在一般情況下，其實不可能在這麼短的期間內遇上兩隻階層霸主嗎？

「接下來的幾天，要麻煩你協助我們製作地圖了。除了從迷宮上空拍攝光景的報酬，我會另外再支付一筆酬勞給你。」

這樣的話，我就沒什麼好抱怨的了。不對，我從一開始就沒有任何怨言呢。對我來說，會長等人能和拉蜜絲一起趕過來救我，就足夠讓我開心了。就算他們這麼做其實別有用心也無妨。

因此，收到額外的報酬，其實讓我有點過意不去。然而，因為我也沒有能好好拒絕這項提議的對話能力，所以還是決定默默收下這筆錢。

持續這樣的對話片刻後，所有人一起停下了腳步。這裡就是我們的目的地——位於迷宮階層的獵人協會了嗎？

不同於清流之湖階層，這感覺只是將一棟二樓高的民宅改造而成的小規模建築物。說得好聽一點是看起來很親民而平易近人，說得難聽一點嘛……就是好像沒花多少錢在這上面耶。

拉開雙開式的大門踏進裡頭後，可以看見靠牆的櫃台、兩張圓桌和幾張椅子，以及一個書櫃。這就是室內所有的家具。

除了櫃台後方兩名看似職員的女性以外，這裡沒有其他人。在我們抵達之前，她們或許度過了相當清閒的時光吧。其中一人在看書，另一人則是在打瞌睡。

「咦！啊，波密會長，您回來得好快呢。已經找到了嗎？」

原本在閱讀的職員慌忙放下書本，起身向熊會長低頭致意。

另一名在打瞌睡的職員被她的嗓音驚醒後，先是東張西望一番，接著也趕忙起身向熊會長鞠躬。

是說，原來熊會長的本名叫波密啊。感覺有點格格不入，我決定在心中繼續稱呼他為熊會長。

「凱莎、烏利娃。我知道妳們很清閒，但還是要有點警覺性吶。」

「非……非常抱歉。」

櫃台這兩名女性職員之中，綁著辮子頭、戴著黑框眼鏡、原本在看書的是凱莎。另一名打瞌睡的職員就是烏利娃了吧，她蓄著一頭短髮，看起來像是會加入運動社團的活潑女性。

「迷宮階層的會長在樓上嗎？」

「是的。」

「那麼，團長、副團長、休爾米，還有……米可涅，你姑且也一起來好了。其他人先在這裡休息吧。」

拉蜜絲將我放在大廳的一角。要久違地在有屋頂的地方待命了嗎？因為我是自動販賣機，所以待在戶外也沒問題就是了。

進入休息時間的話，就輪到自動販賣機上場嘍。已經掌握到全員口味偏好的我，輕鬆將大家喜愛的商品上架。早已跟我買過好幾次東西的眾人，以熟練的動作取出商品，將其一一擺在小圓桌上，開始放鬆享受。

「請……請問，這是什麼呢？」

不知何時，櫃台的兩名女職員朝我走近，好奇地這麼詢問愚者的奇行團的成員。

「嗯～？啊！妳是說阿箱嗎？呃，它是一個神奇的魔法道具。只要投入硬幣，就能買到它陳列出來的商品哩。因為它賣的食物都很好吃，又能吃得很飽，我超級推薦喔。」

不愧是愚者的奇行團裡最常光顧的莯伊。謝謝妳這樣大力誇讚我。

看到眾人津津有味地開動的模樣，兩名女職員不禁嚥了嚥口水。

「我們也買買看吧？畢竟之前老是吃食堂的東西嘛。」

「說得也是。雖然食堂的餐點滋味還不錯，但真的吃膩了……」

因為這個聚落只有一間旅館兼食堂的設施嘛。這樣想必會吃膩啊。不過，旅館兼食堂這樣的營業模式，真的有辦法賺錢嗎？或許獵人協會有補貼一些經費也說不定呢。

研究過其他人購買的商品後，黑框眼鏡的女性買了奶茶和關東煮罐頭，另一人則是買了玉米濃湯和杯麵。

她們聞了聞味道、又用手指戳了幾下罐頭，就這樣把玩好一陣子之後，終於要開始品嚐了。戰戰兢兢地將食物湊近嘴邊後，下一刻，兩人都瞬間睜大雙眼。

「啊，意外好吃耶！」

「這是什麼呀？喝起來很順口，又有種感覺會讓人上癮的甜蜜滋味呢。」

她們紛紛給予相當好的評價。既然吸收到新客人，就來放心確認一下我累積的點數好了。打倒了第二個階層霸主後，不知道點數有沒有因此增加？

《自動販賣機　阿箱　等級二》

耐用度　200／200

堅硬度　50

力量　0

敏捷　20

命中率　0

魔力　0

PT　517654

〈功能〉保冷　保溫　全方位視野確認　注入熱水（杯麵對應模式）　兩公升瓶裝飲料對應模式　條狀糖果販賣機　變換機體顏色　盒裝商品對應　自動販賣機用監視攝影機　太陽能發電

車輪　電子布告欄　液晶螢幕　氧氣自動販賣機　雜誌販賣機　冰塊自動販賣機　乾冰自動販賣機　瓦斯自動販賣機　氣球自動販賣機　蔬菜自動販賣機　雞蛋自動販賣機　紙箱自動販賣機

投幣式吸塵器　高壓清洗機

〈加持〉結界

〈所持物品〉八足鱷的硬幣

該怎麼說呢……因為增加了太多〈功能〉，我覺得自己變成有點莫名的存在了。這其中的功能大部分都是有意義的，也能順利派上用場，但電子布告欄算是個錯誤選擇呢。我原本以為，既然能隨意輸入文字，應該也能自由調整語音系統的內容，是我的想法不夠周全。

或許以後還會想到別的運用方式，所以，得記得自己有這個功能才行。

另外，我的耐用度和堅硬度也提昇許多。不過，我無法實際感受到現在的數值究竟代表何種程度的硬度耶。

我明白拉蜜絲之前的助跑衝撞之所以會對我造成損害，是因為她本身具備的怪力導致。雖然很想嘗試接下強度適中的敵人攻擊，但或許不要遇上這種機會比較好。

然後，最關鍵的點數總額是五十一萬點。打倒八足鱷時，我增加了一百萬點左右，但這次只有五十萬點。是因為焰巨骨魔的討伐點數原本就比八足鱷低嗎？還是說，這次在我給牠致命一擊之前，焰巨骨魔就已經累積了一定的傷害值呢？不知該從何判斷起耶。

不管怎麼說，能確定的是現在的點數不足一百萬點。要是再次存到一百萬點，這次一定要選擇兌換〈加持〉能力才行。嗯。

在內心許下這種不太可靠的諾言後，因為待在能夠遮風避雨的環境中，而完全安心下來的我，在墜落到迷宮階層後，首次選擇進入夢鄉。

# 理想的英雄尚待努力

來到迷宮階層後，新的熟客跟著增加了。諸如武器防具店的夫妻、旅館的親子、獵人協會的櫃台職員等等，這裡的居民幾乎每天都會來跟我買東西。

話說回來，這個階層的居民未免也太少了。雖說是鮮少有人造訪的階層，但每天都只有十人左右的客人消費，生意應該做不下去吧？儘管身為外人，但我仍不免有些擔心。不過，在和我抱持著相同疑問的拉蜜絲詢問櫃台之後，這個謎題就解開了。

實際上，一如我的料想，獵人協會每個月都會提供一筆資金過來。所以，就算沒半個客人上門，大家也能領到用來維持生活綽綽有餘的收入。

這麼一來，情況就不同了。就算沒什麼工作也能領到薪水的話，想必有很多人願意忍受這裡的冷清環境吧。

某種程度上的清閒，會讓人舉雙手贊成，不過，要是清閒的時間過長，愈是生性勤勞的人，似乎愈容易感到痛苦或不安。

因此，偶爾有獵人造訪時，職員們便會異常熱烈地歡迎。這算是這個地方的有趣之處吧。

這次，得知我們一行人會在這裡長期逗留，聚落裡的居民為之士氣大振，每天都以熱情到有些過頭的態度招待我們。

◆

抵達聚落過了三天後，愚者的奇行團前往其他階層進行調查，並表示等到情報收集完畢後，會再回來找我們同行。

熊會長則是先行返回清流之湖階層。因為他再不回去的話，似乎會有很多問題產生。待處理的文件應該已經累積到某種程度了吧。

目前，仍留在這裡的拉蜜絲、休爾米以及大胃王團的成員，因為接下了熊會長的委託，所以暫時還不能離開。基於明天要正式採取行動，大家正在各自做準備時，有一名獵人罕見地造訪了這個階層。

身穿漆黑、散發出水漾光澤的成套鎧甲，有著金髮碧眼，以及偏中性的秀麗面容的青年，獨自造訪了這個獵人協會。

修長動人的手腳，背後揹了一把巨劍，再加上漆黑鎧甲。

該怎麼說呢……簡直像是凝聚了女性心目中理想特徵的存在。彷彿是從某款以超精美ＣＧ動畫自豪的遊戲裡走出來的男子，會徹底吸引櫃台女職員的目光，也是很正常的事情。

這樣的美型人物真實存在的異世界，實在是太可怕了。

「不好意思。我今天剛來到這個階層，請問這裡有沒有提供迷宮的詳細地圖呢？」

他的態度相當溫和，嗓音也很清澈。目前還看不出半個缺點。畢竟我是一台自動販賣機，說自己嫉妒他感覺會有點古怪，不過，倘若我現在擁有活生生的人類肉體，身為同性，或許連要跟他並排站在一起，就足以讓我痛苦不堪呢。

「您……您好。如果您願意等的話，三天後，我們預定會製作出最新版的精確地圖。」

那就是女性一見鍾情的表情嗎？雖然我不相信一見鍾情這回事，但要是眼前出現如此美型的人物，或許也無可奈何吧。啊！該不會……

因為有點在意，我將視線移往在自己身旁喝著飲料的拉蜜絲和休爾米身上……她們一邊看著那名青年，一邊小小騷動起來。

「休爾米，妳看妳看！是個清秀到像是從畫中走出來的男人耶。」

「喔～真的耶。超級美型耶。」

看到這樣的美型男，她們倆會不會心動呢？我原本有一點點不安地這麼想著——但這兩人的反應好輕佻啊。

她們沒有迷戀上那名男子，只是真心讚嘆他的外表，亢奮得像是在街上看到名人那樣。一般情況下，目擊到這種帥哥，女性確實會很興奮啦。

「三天是嗎？那麼，我三天後再來拜訪。」

男子露出宛如春風般的清爽笑容，接著推開大門離開。

在他的身影消失後，兩名櫃台女職員仍不停地揮著手。帥哥威能好強大啊。

女人很容易被外表欺騙，所以三兩下就能攻陷了——她們正是這種單純女性的寫照。不過，面對美女或巨乳，男人同樣很容易被牽著鼻子走，所以我覺得是半斤八兩。

即使身為同性來看，也覺得對於如此美型的男人，會有那種反應也無可奈何。他的外貌出色到就算我為此鬧彆扭感覺也很愚蠢。更何況，我是一台自動販賣機，所以人類的外貌美醜跟我無關。

「好像故事裡會出現的勇者大人一樣呢。」

「拉蜜絲，那可是經過極度美化的『理想的勇者』喔。傳說中聲名遠播的獵人，基本上都是渾身肌肉、虎背熊腰的大叔吶。」

憧憬破碎的拉蜜絲，看起來受到了不小的打擊。有些現實其實不要知道比較好呢，嗯嗯。

「那……那麼，擁有一百種加持能力，被稱為『集神明寵愛於一身』的那個知名獵人呢？偶聽說她素個超級美少女，所以一直很崇拜她咧！」

她內心的動搖化成方言迸出。

話說回來，一百種加持能力也太強了吧。這要消費多少點數啊。咦？這麼說來，我是透過用點數兌換的方式，來取得各種功能或加持能力，但其他獵人難道也是採點數制嗎？事到如今，我突然好在意啊。

我原本已經把這種系統視為理所當然了，不過，在打倒魔物後，獵人們也會變強嗎？只靠我內建的固定台詞，實在無法打聽這方面的情報。

「啊～妳說集神明寵愛於一身的那個人嗎？根據現存的文獻記載或證詞，她確實是個漂亮又溫柔的人喔。但她不會持續停留在同一個地方，所以，雖然有在各地留下傳說，但詳細的個人情報還是不明狀態。」

哦～聽起來是個很帥氣的人呢。真正身分不詳、在各地輾轉流浪，同時擁有強大力量的美女。要是當作故事的題材，想必會相當受歡迎。

「太好了～她可是我的偶像呢！」

「是說，剛才那個小帥哥，或許也屬於這類奇特的人物喔。敢獨自前來挑戰迷宮階層，他的實力八成不可小覷。」

擁有那般高水準的外表，就算實力不怎麼樣，想跟他組隊的女性獵人應該也會多到滿出來吧。儘管如此卻堅持獨自行動，或許就是實力強大的證據吧。

外頭也可能有跟他組隊的伙伴在等著，但我總覺得，那名獵人散發出一種難以親近的氛圍。他說話的態度穩重又溫和，卻也給人企圖保持一段距離的感覺。不過，也有可能是我的錯覺就是了。

話說回來，只要不會危害到伙伴，我倒覺得內在其實怎麼樣都無所謂啦。

因為完全沒有娛樂設施存在，在入夜後早早就寢成了迷宮階層的居民的常識。拉蜜絲等人住在房數充裕到過頭的旅館裡。從建築物外側看來，窗戶的另一頭都已經熄燈，所以她們似乎也早早就睡了。

佇立在旅館外頭的我，茫然地眺望著聚落內部的景象。其實應該可以請拉蜜絲將我搬進室內，但因為我的重量驚人，要是把地板壓壞就傷腦筋了，所以還是選擇待在外頭。

徹底習慣這個自動販賣機的身體之後，我覺得像這樣留在戶外觀察周遭，其實也挺不錯的。甚至還覺得這樣的情境更能讓自己融入。

感覺我的身體和心靈好像都完全變成自動販賣機了呢……但也沒什麼不好啦。

我將機體設定成夜間的省電模式，只點亮微微的燈光。因為附近完全沒有半點亮光，所以這樣的我，仍顯得異常突兀。

說說回來，迷宮階層實在太荒涼了。迷宮以外的區域雖然安全，卻是一片無法栽培任何農作物的貧瘠土地。沒有魔物出沒，但也沒有動物存在。這裡看上去是讓人無計可施的區域，不過，其實應該很有利用價值才對。

要是場景換成現代的日本，我覺得這裡應該會被規劃成工業區。然而，畢竟是個難以預料會發生什麼事的迷宮，一般人想在這裡就職，恐怕相當有難度吧。

再說，這裡的迷宮仍存在著諸多難解之謎。就我個人的理解，地下城裡頭應該看不到天空，單一樓層的空間也不可能如此寬廣。這裡的格局跟我想像的實在是天差地遠。

更何況，「突破最下方階層的話，就能夠實現任何願望」這種傳聞實在太可疑了。不過，這種荒唐的幻想世界能夠成立的話，或許也無法完全否定這類傳聞的可信度就是了。

唔～身為一台自動販賣機，我希望自己只要煩惱商品的銷售量就好了，但好像沒辦法呢。

認真思考了一陣子之後，我突然發現附近變得明亮起來。我周遭的環境原本很昏暗，現在也是沒什麼人外出走動的時間帶才對啊。是有人從旅館裡出來了嗎？

旅館入口的雙開式大門被人打開，一名美男子跟著從裡頭走了出來。是白天吸引了眾人目光的那個人嗎？

他踩著搖搖晃晃、感覺不太可靠的步伐走向我。在我的機體燈光照耀下，他臉上的表情看起來很沒精神，完全不見白天那種自信滿滿又遊刃有餘的感覺。同時，他的視線持續在半空中游移，身子也微微顫抖。

怎麼回事啊？現在這副模樣，感覺是個可疑、陰沉、讓人覺得遺憾的帥哥耶。

「啊啊啊啊！真是的，緊張死了～為什麼大家都一直盯著我看啦。唉～～～～好可怕喔。我聽說這個階層的人很少才對，但明明就有很多人在啊啊啊啊～～」

嗯～？這名青年，剛才是不是以超快的說話速度，連珠砲似的說出一堆很沒出息的話？喂喂喂，難道白天那副模樣是勉強裝出來的，現在展露的才是本性嗎？

「真是的～我沒辦法啦啊啊啊～我好討厭跟別人對話啊啊啊啊～拜託饒了我吧。唉～～～～～」

他長嘆了一口氣，彷彿靈魂都要跟著從嘴裡飄出來似的。這個人有社交恐懼症啊？他是為了掩飾這一點，才努力維持帥氣角色的形象嗎？之所以獨自行動，是因為有社交恐懼症啊。不過……我突然湧現了一股親近感呢。

「不行不行。媽媽也說過，不能以否定的角度去判斷事物，也不能老是往不好的方面思考。正面肯定……要抱持正面肯定的想法。」

看著青年反覆深呼吸數次，然後握緊雙拳的模樣，讓人很想為他打氣呢。

印象中，可可裡頭的某種成分，似乎有著能夠調整自律神經、讓人放鬆的效果。那麼，就選擇熱可可作為新商品上架吧。

「歡迎光臨。」

「嗚哇啊啊！嚇我一跳！咦？什麼什麼什麼？」

我的聲音似乎讓青年大吃一驚，他在原地嚇到跳了三公尺高。好驚人的體能喔。看到如此完美的反應，會讓人湧現更進一步惡作劇的念頭，但要是真的這麼做就本末倒置了。

「請投入硬幣。」

「啊，嗚。是白天放在獵人協會裡的那個箱子嗎？印象中，好像是個能跟它買東西的神祕箱子嘛。袋熊貓人魔也買了它的商品。」

青年微微將上半身往後仰，以巧妙的方式靠近我。我確實感受到他很害怕的心情了呢。雖然原因在於我，但為了讓他的情緒平復下來，我還是想讓他喝熱可可。

為了讓他注意到，我把熱可可集中擺放在最下排。

「呃，我記得是從這裡投入硬幣吧。然後，按下想要的商品下方這塊突起處就好了。」

確認硬幣已經進入體內後，我讓按鈕發光，以提示青年「已經可以購買此品項」的狀態。來吧，快選擇熱可可～

「要買什麼呢……這個罐子上頭，貼著在杯中注入咖啡色液體的圖片，所以應該是飲料吧？這麼多相同商品並排在一起，應該就是很受歡迎的意思，而且跟我在老家喝的茶也很像呢。就選這個好了。」

他照著安排選擇了熱可可讓我很開心，但這名青年也太常自言自語了。這麼說來，我有個朋友是在宅工作者，他說持續過著不會跟他人接觸的生活一段時間後，自言自語的次數就增加了。

這名青年看似有社交恐懼症，所以跟他人對話的機會，或許比我所想的更少吧。

「唔哇～好溫暖喔。呃，我記得把這個往上拉就能打開……成功了！」

他開心的反應看起來純真又可愛耶。振作一點的話就是個美型帥哥，但笑起來卻又很可愛。感覺足以讓大姊姊們一瞬間淪陷呢。

「呼～好甜好好喝喔。感覺讓人很放鬆耶。這個魔法道具真不錯。而且因為不用面對人，買東西時也不會緊張了。」

被你用這麼渴望的眼神凝視，我會很傷腦筋呢。廣受好評、成為他人想要得到的存在，雖然感覺也不錯，但我早已決定，自己的棲身之處就是拉蜜絲身旁了。

「印象中，這個魔法道具的持有者應該是她們吧。我明天試著交涉看看好了。」

這麼喃喃自語後，青年便以雙手小心翼翼地捧著熱可可，轉身走回旅館裡頭。

儘管覺得交涉也沒有用，但他沒有以蠻力將我搶走這點，實在值得嘉許。我個人對這種人還滿有好感的，只是，我跟他應該不會有更多接觸的機會了吧。

因為，到了明天，我們一行人就要為了其他委託而動身離開了。

「阿箱，米歇爾說他願意跟我們一起接受熊會長的委託喔！」

「請多指教，阿箱。」

隔天早上，蹦到我跟前來的拉蜜絲，開口說出的第一句話就是這個。

好突然的發展喔……雖然覺得米歇爾是個討喜的青年，但不知為何我有點無法接受。

站在拉蜜絲身旁的這名爽朗帥哥，帶著笑容朝我伸出一隻手。領悟到我無法跟他握手之後，有些害臊地搔了搔頭。

# 外側

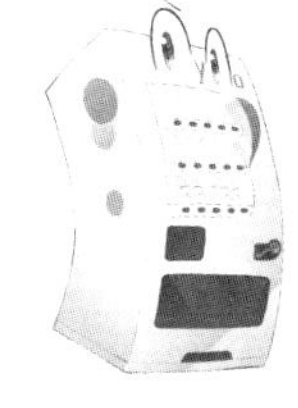

休爾米和大胃王團坐上熊會長準備的山豬貨車，揹著我的拉蜜絲則是和一名青年一起走著。

「哈哈！是啊。」

「不過，其實你原本也打算到迷宮裡頭探索是嗎？」

「嗯，是啊。」

「實力高強的獵人願意跟我們同行，這不是很好嗎？發生緊急狀況的時候也能協助對應。我們要仰賴你嘍。」

「哈哈！這樣啊。」

「沒想到能跟被譽為『孤傲的漆黑閃光』的米歐爾先生同行，好光榮喔～」

「哈哈！這樣啊。」

對昨晚那件事不知情的人，大概只會覺得眼前的米歐爾，是個帶著從容又爽朗的笑容和大家閒聊的青年，然而……仔細看的話，就能發現他的臉頰微微抽搐，回話的內容也大同小異。你要讓自己的回應更多樣化才行喔，米歇爾老弟。

接下熊會長委託的我們，目前正走在巨大迷宮的外側。左側是高聳的迷宮外牆，右側則是一片荒蕪的大地。敵人不會從迷宮裡竄出來，而外頭也不存在任何生物。

這次的委託危險性很低，熊會長判斷拉蜜絲、休爾米再加上大胃王團這樣的成員也足以應付，所以就委託我們處理。

然而，最近異變頻傳，很難預測會發生什麼事。因此，儘管是緊急提出的要求，熊會長仍批准以實力高強聞名的米歇爾和我們同行——這就是整件事的經過。

「休爾米。如果什麼事都沒發生的話，繞完迷宮的外側一圈，需要花上一個月左右的時間對嗎？」

「一年前負責調查的獵人們是這麼說的。不過，從阿箱拍到的影像來計算的話，老娘覺得應該不用花上三星期。那些人搞不好是為了多撈一點報酬，才刻意多花時間完成委託吶。」

啊～原來如此。如果委託條件是「安全性高、以執行任務的天數來計算報酬」，會有獵人動這樣的歪腦筋，或許也不足為奇。

「我們有能夠無限提供糧食的阿箱同行，可說最適合執行這個任務。熊會長原本似乎想委託以敏捷行動力和強韌生命力聞名的大胃王團負責，但畢竟糧食是個問題。」

行動迅速、又能輕易融入野生環境……疑似擁有這些特質的大胃王團，感覺很適合執行調查任務。然而，無力確保充足的糧食，是他們的致命傷。

因此，熊會長委託我和拉蜜絲同行。至於迷宮外牆是否劣化、周遭環境有無改變、是否出現異變的徵兆等細節事項，則交給休爾米進行調查分析。

這項任務很簡單，只要懷抱著有如出門旅行的心情，悠哉地沿著迷宮外牆前進就好。然而，基於過去屢次被出乎意料的意外捲入，我還是忍不住提高警戒。

「那麼，保險起見，由我殿後吧。」

突然傳來的這句話將我拉回現實。我朝聲音來源的方向望去。

這麼提議的米歐爾，以相當自然的態度走向隊伍的最末尾。明白眾人的視線不再集中於自己身上後，他放心地吐出一口氣。

雖然還有我盯著他看，但別讓他知道這麼多也好。不過，既然這麼怕生，為什麼還要跟我們一起執行這次的任務啊？

印象中，他打算跟拉蜜絲交涉收購我一事……應該是這樣才對。是哪個環節出了問題，才會變成現在這樣？雖然不至於不信任他，但米歐爾的行動仍有很多地方讓我存疑，還是仔細觀察他的一舉一動比較好。

移動到隊伍最末尾後，在沒人轉頭過來看的情況下，米歐爾一直都微微低著頭，一語不發地走著。端詳他的臉好一陣子後，我發現了一件事。他的嘴唇微妙地不停蠕動著。

他又開始自言自語了嗎？我試著專注在米歐爾的聲音上。

「這……一個月……要盡量……不熟的……女性……袋熊貓……變得……能自然……」

雖然聲音斷斷續續，但我大概理解他在說什麼了。米歐爾大概想跟這支成員只有女性和塔斯馬尼亞惡魔族的隊伍同行，藉此多少改善自己的社交恐懼症吧。

大胃王團的成員外型跟人類相差甚遠，所以會覺得比較好親近這點我還能理解，但比起男性，跟女性相處不會更讓他緊張嗎？不過，畢竟多數男性獵人都長得一張凶惡……像擔任守門人的卡利歐斯和戈爾賽，要是個性比較怯懦的孩子在晚上撞見他們，恐怕會嚇到哭出來。

唔，那我得幫忙他才行。米歐爾向我買東西時，我就多對他說幾句話，希望能讓他多少習慣男性嗓音就好。

那麼，米歐爾的問題就先告一段落吧。我環顧周遭，這裡真的什麼都沒有呢。

就只有高牆和荒野。因為同樣的風景一直持續著，讓人沒有自己在前進的實際感受。這樣的狀況還要持續一個月嗎？如果只有一個人，可能馬上就會厭倦了，但現在有治癒系的大胃王團、拉蜜絲和休爾米同行，感覺不會是太痛苦的一趟旅程。

到了午餐時間，大家都來向我購買商品，然後各自找地方坐下享用。話雖如此，其實也只分成三個團體而已。

拉蜜絲和休爾米的兒時玩伴雙人組。大胃王團，以及獨來獨往的米歐爾。

這樣看上去，好像只有米歇爾遭到排擠而顯得孤伶伶似的，但其實拉蜜絲和休爾米有大方邀請他共進午餐。只是怕生到極點的他，以滿面笑容的面具掩飾自己真正的想法，委婉拒絕了她們的好意。

看來對米歇爾而言，要跟其他人一同進餐，難度還是太高了。希望透過這一個月的相處，能讓他自然地和大家一起吃飯就好。

——只是，看到這樣的帥哥待在拉蜜絲和休爾米身旁，仍讓我感到些微焦慮和不知所措。

不管怎麼說，人類都對美型的存在沒有抵抗力。雖然那兩人看起來不太感興趣，但正常情況下，要是身旁出現那種帥哥，理應都會被其魅力吸引才對。更何況，美女和帥哥站在一起，也會形成美如畫的光景。就算拉蜜絲或休爾米其中一人……不對，就算她們倆都迷上米歇爾或許也不奇怪。

呃，明明是一台自動販賣機，我在嫉妒什麼啊。我現在可是戀愛無緣體呢。要是在意這種事，不就太奇怪了嗎？

而且，我也不認為米歇爾是個危險的男人。他至今的言行舉止，反而還會刺激他人的保護欲，讓人想為他加油打氣呢。

「明……明天，在更靠近大家一公尺的地方吃飯吧。嗯，我要加油。」

要是聽到這種發言順著荒野上的一陣風傳來，會想鼓勵他也是人之常情吧。

表面上看起來是面帶微笑地用餐，但米歇爾其實是察覺到一直有視線落在他身上，才會努力擠出笑容。要笑得更自然一點才行喔，你的臉頰好像在抽搐呢。

直接坦承自己不擅長和他人交流相處的話，應該就能過得更輕鬆了吧——雖然我這麼想，但米歇爾或許就是有無法這麼做的理由，才會一直戴著假面具吧。到底是什麼樣的家庭環境，才會把他教育成這樣子呢？

用完午餐後，我們再次悠哉地沿著迷宮外牆前進。

好和平啊～我很明白大意失荊州的道理，所以不會過於放鬆戒備，但什麼都沒發生是最好的呢。

來到異世界之後，麻煩和誇張的事件就接二連三出現。像這樣悠閒的日子，才是一台自動販賣機應該有的正常生活。

一如我的期望，任務的第一天，真的就在只是持續步行的狀態下結束了。

這個階層的夜晚不會太冷，一整年的氣溫也鮮少出現變化。大胃王團的成員在飽餐一頓後，便攤著肚皮躺在地上，開始發出豪爽的鼾聲。他們的睡臉也好可愛喔。用監視攝影機錄下來，以後再來回味吧。

拉蜜絲和休爾米似乎在被布幔罩著的載貨台裡睡著了，能聽到她們細微的呼吸聲。剩下的米歐爾則是跟我一起負責監視周遭。不過，今天一整天都忙著在意他人的視線，似乎讓他的精神相當疲憊。目前盤腿坐在地上的他，感覺隨時都會昏睡過去。因為打盹而不斷點頭之後，米歐爾突然驚醒，然後左顧右盼了一下。

「啊！不行不行。雖然大家都說有阿箱負責監視，不會有問題，可是……唉～～真是的～～有夠緊張耶～～除了兩位美女以外，大胃王團的大家也長得好可愛。光是要維持認真的表情，就耗盡我全身的力氣了～啊，話說回來……這個箱型魔法道具，真的擁有自我意識嗎？」

說著，米歐爾有些狐疑地凝視著我。

嗯，沒辦法坦率相信也是很正常的反應啦。是拉蜜絲跟休爾米的直覺特別敏銳，而大胃王團只是被我的食物釣過來而已。

米歐爾以手指抵著下巴靠過來，像是要看透內部構造般仔細打量我，額頭也幾乎貼上我的玻璃板。雖然是一台自動販賣機，但被人這麼靠近看，我也會覺得害羞呢。

「歡迎光臨。」

「啊，是的，我光臨了。晚……晚安。」

比起白天的爽颯模式，米歐爾現在純真又膽小的模樣，反而更讓我有好感。私底下的他，只是個怕生的普通青年而已嘛。

「呃……要買什麼好呢？對了，那個甜甜的、又能讓人放鬆的飲料，真的很好喝呢。每次跟人買東西的時候，我都會超級緊張，但如果對象是這台箱型魔法道具，就不用在意他人的視線了。」

嗯嗯，面對店員時緊張的感覺，我也不是不能明白喔。能夠輕鬆購物，正是自動販賣機的優點之一。

米歇爾捧著熱可可的罐子，放鬆地吐出一口氣。不經意地眺望他的側臉時，我覺得這種時候的他，看起來比實際年齡更稚嫩。

放下戒心時，米歇爾臉上鬆懈的表情，以及整個人散發出來的感覺，或許能讓他成為「大姊姊殺手」。我可以斷言，這樣的他絕對能讓正太控在一瞬間淪陷。一般來說，這樣的俊美外表足以招來嫉妒，但看著米歇爾卻會讓人想為他做點什麼。這或許就是他的人望吧。

之後，又過了一個星期。這段期間，我們真的完全沒有遭遇戰鬥，也沒有遇上任何問題，十分順利地度過了每一天。米歇爾和其他同伴之間的距離，感覺也稍微縮短了一些。

我想應該是可愛的大胃王團和平易近人的拉蜜絲帶來的效果吧。話雖如此，米歇爾的表現仍相當客套，不曾以他真正的狀態和其他人對話。

老實說，想幫助米歇爾治療他的社交恐懼症，以及不希望他和拉蜜絲或休爾米走得太近的兩種想法，同時存在於我的心中。

這種想法好討厭喔。唉~明明是自動販賣機卻還會吃醋，這樣太奇怪了吧。

顧著注意米歐爾的同時，我發現拉蜜絲今天的狀況似乎有點不對勁。她的眼神空洞，腳步也很沉重。看起來，光是走路，似乎就耗盡她全身的力氣了。

「喂喂喂，拉蜜絲，妳怎麼啦？要是身體不舒服，就跟阿箱一起坐上貨車吧。」

「歡迎光臨。」

嗯嗯。因為這個任務沒必要趕時間嘛，所以不需要勉強喔。

休爾米從載貨台上探出身子朝我們招手。因為她的運動能力欠佳，所以移動時總會坐在那裡，但拉蜜絲從未坐上載貨台過。

「嗯~我沒事。我很有精神喔~」

雖然拉蜜絲舉起手這麼表示，但她看起來一點都不像沒事的樣子耶。總是活力百倍的笑容，現在彷彿蒙上了一層陰影。

不過，她怎麼會突然變成這樣呢？如果感冒了，多少會打幾個噴嚏或咳嗽才對，但拉蜜絲連鼻塞的症狀都沒有。看她偶爾用手摩擦下腹部的樣子，或許是肚子痛吧。我的商品應該不至於引起食物中毒才對。那麼，是為什麼呢？

「拉……拉蜜絲小姐，不能太勉強自己喔。現在還是休息一下比較好。」

「咦，呀啊！」

看到米歐爾打算揹起拉蜜絲，我連忙變形成紙箱自動販賣機，方便他連我一起揹起來。接著，他便以輕快的腳步揹著我們走向載貨台。

唔唔～總是揹著我的拉蜜絲，現在被別人揹在身後。啊～某種鬱悶的情緒又從內心湧現了。無法坦率接受米歐爾細心體貼的行為，我真是差勁耶。

「阿箱先生，你比我想像中的輕呢。」

不不不，是因為我變成紙箱了喔。要是我維持平常那種自動販賣機的機型，你現在可能整個人陷進地下了。

雖然想抵抗，但拉蜜絲似乎使不上力氣，只能乖乖被米歐爾放在載貨台上。她半放棄地癱坐著，連強硬反駁的力氣都沒有。

要是我生著手腳，這可能就會變成我的任務了呢。或許……我得認真考慮變回人類一事才行。

「休爾米小姐，能麻煩妳照顧她嗎？」

「喔，交給老娘吧。」

交給擅長照顧他人的休爾米，應該就能放心了。

休爾米將我從拉蜜絲的背後卸下，然後安置在載貨台的外側。我恢復成原本的自動販賣機，打算提供運動飲料當成慰問品。

在取物口落下一瓶運動飲料後，米歇爾隨即做出反應。他表示「這應該是阿箱先生提供的慰問品」，然後替我將飲料瓶放在載貨台一角。

不僅體貼又有著帥氣的外表。唔，我沒有半個足以贏過他的要素。

「真受不了，妳還是老樣子，總喜歡勉強到接近極限的程度。換一套衣服吧，老娘替妳脫。」

「不……不用了啦，我自己來就好……」

「都已經全身癱軟無力了，還這樣逞強。面對來自他人的好意，要坦率接受才行吶。」

接著，雖然又傳來一陣掙扎的聲響，但聽起來，應該是休爾米順利地主導著狀況。拉蜜絲感覺真的很虛弱呢。得讓她暫時靜養——

「喔喔喔！噯，妳都流血了耶！混蛋東西！幹嘛瞞著不……不……啊！」

咦！流血了？拉蜜絲哪裡受傷了嗎！可惡，明明一直被她揹在身後，我怎麼都沒有發現呢！

「啊……啊……啊……啊……」

在休爾米的驚呼後，拉蜜絲不斷重複「啊」的聲音傳來。但她看起來沒有在強忍痛楚，只是一張臉漲得通紅。

「拉蜜絲，妳是生理期來了嗎！」

「真是的～笨蛋～～～～！」

妳怎麼能把這種事大聲嚷嚷出來啊，休爾米。害得拉蜜絲發出絕望的尖叫聲了呢，真可憐。

米歇爾則是移開視線，驚訝地以手掩嘴。這時，我終於明白拉蜜絲變得這麼虛弱的原因了。

過去，她每個月都會出現一次類似今天這樣的情況呢。對不起喔，我沒能察覺這一點。

「生理期是什麼啊？一種食物嗎？」

「是什麼呢？我也沒聽過耶。」

「似乎是跟女人有關的東西。絲各，妳知道是什麼嗎？」

「呃～好像是一種女性特有的下腹部出血症狀，聽說多半會出現在人類或猿猴系種族的女性身上。」

此刻，大胃王團的成員聚集在一起，偷偷摸摸地進行像是小學高年級的男生會討論的對話。

對了，我曾聽說過，除了人類和一部分的動物以外，其他生物都沒有生理期這種現象，就算有，症狀也都很輕微。對大胃王團來說，這或許是個陌生的詞彙吧。

「真是的，老愛這麼亂來。老娘記得妳每次生理期都會很不舒服吧，拉蜜絲？唉唉～妳的內褲和墊布全都沾滿血了吶。這種時候，要是不替換一塊乾淨的布，可能會引發很可怕的疾病喔。」

「啊嗚，是……」

「沒什麼好害羞的啊。能生育孩子可是女性的特權吶。要更珍惜自己的身體才行。」

雖然看不到她們在做什麼，但從聲音聽來，可以想像休爾米正在俐落地替拉蜜絲更換衣褲。

不過，光是聽她們的對話，就有種好像在做壞事的感覺，讓我有點坐立不安。

遇到這種事，男人實在無能為力呢。也沒辦法插嘴，就算想幫忙，除了提供乾淨的毛巾以外……啊～對了，有個好東西呢。

我從功能清單中找出〈手動式個人清潔用品自動販賣機〉，接著轉換自己的外型。

我變成一台形狀修長、像是在強調清潔感的純白色機體。一如名稱中的「手動」，這台自動販賣機是無須用電的類型，購買者在投入硬幣後，必須自行旋轉機體上的把手，商品才會掉出來。

這台自動販賣機販售的商品主要有兩種——衛生棉和口罩。有些機型好像還會販售小包的面紙。

倘若是女性，應該多少都會在百貨公司、車站內部或學校廁所裡看過這種自動販賣機。但看過的男性我想大概就很少了。

那麼，受限於「只能將自己生前曾透過自動販賣機購買的東西上架」這種條件的我，為何能提供這項商品呢……呃，不，我可沒做什麼虧心事喔。

因為我有親戚是清潔業者，所以在學生時代，我曾做過相關的打工好幾次。某次，被交代打掃女廁的我，第一次目睹到這樣的自動販賣機，雖然不知道內容物是什麼，但還是因為感興趣而掏錢購買了。就只是這樣而已。呃，但這種事現在怎麼樣都無所謂啦。

「咦？阿箱，你怎麼啦？突然變成白色細長型的樣子。你選擇現在變形，應該就是有什麼用意吧？那老娘就投幣試試嘍。」

對象是拉蜜絲或休爾米的話，溝通就會變得輕鬆許多呢。真的幫了我大忙。

扭轉把手後，休爾米取出商品，細細端詳了好一陣子，然後看似不解地歪過頭。

「哦～這東西看起來很奇特吶。這個透明的袋子應該沒用吧。裡頭是觸感很奇妙的布……不對，是紙？」

休爾米似乎能理解我想為了現狀做點什麼的用意。她不斷研究、把玩手中的商品，在幾次的嘗試失敗後，終於大略掌握到用途了。

「這太厲害了，好驚人的吸水力吶。用這個的話，量多到像洩洪的日子也能安心了呢。」

將寶特瓶裡頭的水倒在衛生棉上後，休爾米為它的吸水力嘖嘖稱奇。

生理期也是很現實的問題呢。奇幻作品裡頭很常出現的女性冒險者，背後可能都有著不為人知的辛苦之處吧。

要是沒有轉生到異世界，還真的不會懂這些事情呢。

「沾到血的外褲和內褲，就用阿箱提供的水來清洗吧。」

「啊，那就交給我洗吧。」

「不，再怎麼說這樣也不太妥當。拉蜜絲好歹也是個女人吶，老娘來洗就行了。」

「才不是『好歹』呢……」

被安置在載貨台旁邊的我，目睹打算伸手接下弄髒的內褲和外褲，臉上還沒有半點排斥神情的米歐爾，總覺得不知道該責備他或是感到佩服呢。要是男人，應該多少會湧現抗拒感才對吧？

聽說血漬很難清洗乾淨。所以，我決定在這時候追加新功能。

我變形成之前就很想兌換的〈投幣式全自動洗脫烘洗衣機〉。這就是自助洗衣站會出現的那種前開式洗衣機。

為了減輕行李，獵人們頂多只會帶一件替換用的衣物在身上，並將髒兮兮的打扮視為家常便飯。這點其實一直讓我很在意。像這樣，就算在討伐魔物或執行委託的途中也能洗衣服的話，大家或許會很開心呢。

總之，我先敞開圓形的洗衣門，暗示「把衣服丟進來吧」的意圖。畢竟，我不太想讓休爾米親手清洗沾到血的內褲呢。

呃，冷靜下來想想，這樣的情境好像有點危險耶？這等於是讓我把女性的衣物和內褲放進體內，然後將它們清洗乾淨……啊，不，因為我是機器，可沒有什麼非分之想。再加上我也不是變態，所以應該沒問題吧，嗯。

「它變化成很神祕的模樣了耶。這是什麼啊？」

「阿箱，你是要老娘把弄髒的衣服丟進這裡頭嗎？」

「歡迎光臨。」

「那真的放進去嘍？」

「咦？要把我的內褲放到阿箱的身體裡嗎？」

拉蜜絲困惑的嗓音傳來。哎呀，我是一台機器耶，所以不用在意也沒關係啦。

這次就當作是機體測試運轉，免費提供服務吧。因為內部也設置了洗衣粉自動導入裝置，將衣物丟進來之後，只要等待就好。雖然還能設定清洗方式和時間，但這部分的操作還是由我全權負責吧。

米歐爾似乎對洗衣過程相當感興趣。他將臉貼近機體上的玻璃板，以樂在其中的表情窺探內部的情況。看到這樣的他，大胃王團也被激起好奇心，一起過來盯著在玻璃板後方不斷旋轉的衣物。這是什麼情況啊。

因為我提昇過自己的敏捷度，原本必須花上三～四十分鐘的清洗過程，現在只要十分鐘左右就能結束。當初有提昇敏捷度是正確的呢。因為我只能變形兩小時，要是無法縮短時間，就不能經常使用洗衣機的功能了。

機體發出通知清洗完畢的電子音時，被嚇到的大胃王團成員們瞬間跳到後方，還發出「咕啊啊啊啊！」的威嚇聲。我也已經習慣他們這樣的反應了。

將洗衣門打開後，休爾米有些遲疑地將手探入洗衣槽。取出洗好的衣物後，她高舉起自己的雙手，讓外褲和內褲在荒野颳來的風中飄揚。

休爾米，不可以這樣亮出人家的內褲啦。待在載貨台上的拉蜜絲，現在正難為情地不斷掙扎呢。

「好厲害，洗得白白淨淨的呢！」

看到洗乾淨的衣物，米歇爾變得很亢奮。

他上前一把揪住變成洗衣機的我，然後激動地搖晃我的機體。咦，他比我想像中的更買帳耶。

「既然這樣，就順便把其他的骯髒衣物也洗乾淨吧！我也會把鎧甲以外的衣物全都丟進去。各位，請把髒衣服都拿過來！」

我還來不及阻止，米歇爾便從後背包裡掏出衣物，丟進洗衣機內。休爾米甚至直接在載貨台上脫下外衣，以只穿著內衣褲的模樣探出頭，將衣物扔進洗衣槽裡。

她姑且有用毯子裹住身體，但休爾米似乎沒將米歇爾視為一名異性看待。

至於大胃王團的成員則是被米歇爾強行脫下外套，以只穿著一雙鞋的狀態愣在原地。他們大概還沒進入狀況吧。

這種皮革外套可以水洗嗎？我還是多注意一下好了。

「髒汙被洗掉的過程，真的很美好呢。打掃房間也一樣，不過，大家不覺得看到衣服洗乾淨的瞬間，最令人感到舒暢嗎？因為我家有聘請女僕幫忙，我幾乎沒機會做這種事，所以現在覺得很開心呢。」

噢，所以他才會用那種閃閃發亮的眼神盯著洗衣機內部看啊。能讓他這麼開心，真是太好了。從剛才的發言，可以得知米歇爾的家中有女僕存在的事實。所以，他或許是一名身分高貴的人物呢。

不過，雖說男性只有看起來很認真的米歇爾，但年輕女性只穿著內衣褲展露自己健康的身體這狀態又該怎麼說啊？拉蜜絲現在也是半裸狀態呢。因為身體不舒服，所以她自己可能還沒察覺到這一點。

目前，米歇爾站在無法窺見載貨台內部的位置上。但從我所在的角度，倒可以清楚看見休爾米和拉蜜絲的模樣。

機會難得，就來好好觀察她們只穿內衣褲的模樣吧。如果能藉此了解她們的品味，日後挑選商品時或許會有所助益。內衣褲也是我能上架的商品之一，之後或許有機會賣給雪莉小姐吧。我的目的就只是這樣而已，沒有其他更深遠的含意。我完全沒有非分之想。一丁點都沒有。

哎呀，雖說要觀察，但和現代日本不同，她們的內衣褲並沒有精緻的造形設計。

拉蜜絲用來遮掩上半身的東西，根本算不上胸罩，只是一條纏住胸部的藍色布料而已。

對拉蜜絲的嬌小身軀來說，顯得有些凶暴的兩個巨大球體，因為地心引力而攤在胸前。平時，她總是將雙峰藏在皮甲之下，所以不會給人這般強烈的印象，但穿得比較少的時候，散發出來的破壞力可不是開玩笑的。明明是仰躺的狀態，卻還是能一眼看出尺寸大得非比尋常。

「拉蜜絲，妳的胸部是不是又變大啦？」

「有嗎……？我也不知道耶。」

直直盯著身體不適的拉蜜絲的胸部好一陣子後，休爾米將視線移回自己的胸前，看似疲憊地嘆了一口氣。

這樣的她，纏著一條黑布的胸前，幾乎可以說是一片平地。儘管有著豐腴的翹臀，但身為女性，或許還是會比較在意胸部吧。

雖然我個人是大小兼愛，但目光總會不自覺地被胸部大的女性吸引，就是男人的天性。也難怪女性會在意了。

在這種狀況下，一般男性應該會興奮叫好，但身為一台自動販賣機，我又該做出什麼反應？不對，現在是洗衣機啊。要是這種模樣還有性慾就傷腦筋了，所以也沒什麼好抱怨的就是。

待清洗和烘乾作業結束後，穿上剛洗乾淨的衣物的大家，全都為了洗衣粉的淡淡清香，以及布料舒適的觸感而滿足不已。

「那麼，今天就暫時休息一天如何呢？」

「也是。雖然才剛過中午，但偶爾這樣也不賴吶。」

顧慮到拉蜜絲的身體狀況，我們今天決定暫停行動。大胃王團的成員們開始大剌剌地躺在地上曬太陽。

似乎還是很想清洗東西的米歇爾，開始思考能不能把載貨台上的布幔拆下來洗。坐在載貨台上的休爾米則是一邊看書，一邊不時確認睡著的拉蜜絲的健康狀況。

那麼，我要來做什麼好？總之，先從洗衣機變回平常的自動販賣機模樣好了。啊！米歇爾露出了明顯感到遺憾的表情呢。

對了，趁點數還很充裕的現在，可以來試試能力數值的變化，究竟會造成什麼樣的實際影響。

身為自動販賣機的我，一共有耐用度、堅硬度、力量、敏捷、命中率和魔力這幾種能力數值。

事到如今，耐用度和堅硬度就不用確認了。敏捷好像有助於縮短各種作業時間，所以之後也

可以考慮繼續提昇。

剩下的問題就是力量、命中率和魔力了。不過，魔力就算消耗ＰＴ也無法提昇，所以先排除在外。

說到力量，自動販賣機要力量做什麼啊？古今中外，沒有任何一款自動販賣機需要肌力呢。如果我長出手腳，或是能靠自己移動的話，或許還需要這項能力，但現在這種狀況下應該派不上用場。

剩下的命中率……搞不懂呢，是用來讓我做出比較精細的動作嗎？但現在，我還沒發現需要搭配精細動作的功能，所以感覺也沒必要提昇這個數值。

光是要讓這兩者的數值提昇十，就需要消耗一萬點。如果把點數花在用途不明的能力上，感覺滿浪費的耶。

到頭來，我只是試著推敲研究，沒有實際提昇任何能力，就這樣過了一天。

# 米歇爾

「對不起喔，給大家添麻煩了。」

天亮後，看起來氣色好很多的拉蜜絲，開口第一句就是向眾人致歉的發言，同時低下頭深深鞠躬。

從載貨台下來之後，身穿輕裝的拉蜜絲朝正在準備早餐的眾人跑過來。

「喔！妳的身體不要緊了嗎？可別再逞強嘍。」

「對……對啊，請不要太勉強自己。我們請阿箱先生提供了新鮮的海洛瓦賽喔。」

順帶一提，米歇爾說的海洛瓦賽，其實就是菠菜。雖然這裡的蔬菜很多都跟日本產的相似，但名字全都截然不同。另外，我還落下了葡萄乾麵包的罐頭。因為我曾聽說葡萄乾含有豐富的鐵質。

「對不起，沒跟大家說我身體不舒服的事情。」

「我們聞到的血味，原來是這麼一回事啊。原本還以為妳在身上藏著生肉呢。」

聽到米可涅歪著頭這麼說，其他大胃王團的成員也點了點頭。我知道塔斯馬尼亞惡魔的嗅覺十分敏銳，但沒想到他們連經血的味道都聞得出來呢。

「光是獵人這種職業的特性，就已經對女人很不利了。反正這份工作也不趕時間，不要太勉強啦。」

「就……就是說啊。有困難的時候，就要互相幫忙嘛。」

「謝謝你們，我會反省的。」

咦？雖然言行舉止看起來還是有點可疑，但就算不是平常的帥哥模式，米歇爾也能正常和拉蜜絲對話了呢。或許是因為幫忙照顧拉蜜絲、又忙著清洗衣物，讓他的社交恐懼症無暇發作，也稍微卸下心防了吧。

看著這三人彼此交流，我發現了一件事。這支隊伍，看起來會不會像是米歇爾的後宮大軍啊？兩名美女加上治癒系的獸人，以及我這台被歸類成魔法道具的自動販賣機。

要是少了自動販賣機，或許就會是奇幻世界中理想的隊伍狀態了呢。

◆

以拉蜜絲出糗為契機，順利和她以及休爾米拉近距離的米歇爾，之後變得能和這兩人一起用餐了。又過了一星期，他們三人已經完全打成一片。

看到他的社交恐懼症獲得改善，是令人開心的事……嗯。

「不過，阿箱先生真的是很優秀的魔法道具耶。」

「就是說啊。它的食物和飲料都很美味，還能提供一堆方便的道具，又能用結界保護大家。超級厲害的喔！」

聽到妳這樣大力稱讚，我會害羞耶。不是客套話，而是真心在稱讚我，是很像拉蜜絲的作風啦。

「我也看過各式各樣的魔法道具，但還是頭一次目睹像阿箱先生這種的呢。」

「也是吶。畢竟就老娘所知，現存的文獻中，從來不曾出現跟阿箱相同的魔法道具喔。要是阿箱能說話，就可以獲得相關情報了……但要求人家做不到的事也沒用吶。」

「可是，光是能理解我們說的話，就很厲害了呢。對不對，阿箱先生？」

「歡迎光臨。」

能讓米歐爾也對我抱持好感，真是太好了。

看到他和拉蜜絲、休爾米拉近距離後，我原本還猜忌他們會不會擦出愛的火花，結果這三人之間完全沒有萌生這樣的感覺。

一個是帥哥，另兩人則是美女。儘管待在一起的光景美如畫，但他們似乎對彼此都沒有興趣。看著他們持續閒聊平凡生活話題的模樣，幾乎足以讓人湧現「該不會這三個人早就另外有對象了吧」這樣的疑問。

前來這裡調查迷宮外牆後，已經過了兩星期以上。除了拉蜜絲曾一時身體不適以外，沒有出現其他異常的狀況。在完全沒有遭遇其他生物的狀態下，我們似乎快要繞完一圈了。

迷宮外牆不見任何裂縫或損傷，感覺只要確認安全與否的問題就好了。根據休爾米的計算，再過三天，我們應該就能回到迷宮階層的聚落。能夠平安無事地結束這次的任務，比什麼都來得好呢。

因為以相當低廉的價格提供糧食大家，所以我的點數幾乎沒有增加。但因為還有五十萬點，所以也沒必要著急。

那三人看起來有說有笑的。身上一襲漆黑鎧甲的米歐爾，乍看之下感覺是名帥氣的戰士，不過，仔細觀察的話，就能發現他的姿態相當低，感覺就像跟著兩個姊姊一起出門的弟弟那樣。

這趟旅程沒有讓戀情萌生，只是促進友情成長了而已嗎？

這麼說來，米歐爾好像說過他有姊姊，所以他或許原本就給人像個弟弟的感覺吧。他這種年紀的男性，會對女性產生興趣理所當然，然而直到今天，米歐爾都未曾表現過那種態度。

一般來說，就算內心沒有邪念，目睹拉蜜絲宏偉的雙峰，應該都會不自覺地盯著看吧。但米歐爾並沒有這樣。

他的自制心讓我相當佩服。

「嗯……大家停下來！」

走在最前頭的米可涅停下腳步，齜牙咧嘴地讓山豬貨車煞車。

仔細一看，其他大胃王團成員也露出緊繃的表情，同時不停抽動鼻子，似乎是在聞味道。

「佩魯，你有沒有聞到什麼？」

「呃……在一段距離前方，有人類的氣味飄散過來。他們可能連擦澡都沒擦吧，聞起來好臭喔～大概有四、五名男性人類，但沒有其他動物或魔物的樣子。休特，你聽得到他們的聲音嗎？」

「嗯。雖然沒辦法聽清楚在說什麼，但聽起來是男人的嗓音。」

佩魯擁有敏銳的嗅覺、休特則是聽覺相當優秀。仔細聽完這兩人的報告後，米可涅這麼開口：

「休爾米，可能有五名人類潛藏在前方的路上呢，但不確定他們的目的是什麼。」

「真的假的啊，米可涅？待在迷宮外側的獵人……應該不可能吧。沒有理由在不存在任何生物的荒野上閒逛啊。往好的方面思考的話，或許是熊會長派遣過來的使者……」

「會不會是有什麼急事？」

有可能是突然發生了什麼需要我們支援的狀況。不過，若是有急事，應該不至於只有人類啊。一般來說，使者會利用山豬貨車或馬匹等移動手段才對。雖然我不知道這個世界有沒有馬。更何況，如果只是為了傳話而造訪這片沒有半點危險性的荒野，不需要動員四、五個人。我覺得愈想愈可疑了耶～

「啊～感覺不太妙吶。如果是來傳話，不可能徒步過來，而且也沒必要這麼多人行動。除非他們是超怕寂寞或極度慎重的人。」

休爾米的意見跟我一樣嗎？倘若對方是跟我們敵對的存在，目標恐怕是身為魔法道具的我。此外，也可能是看上拉蜜絲和休爾米的美貌，打算把她們擄走，然後當成奴隸販賣的人口販子。

對了，大胃王團的成員們因為屬於稀有種族，又有著可愛的外表，所以也受到一部分的收藏家喜愛。當然，是非法層面的意思。

我想得到的理由就是這些了。在這個人跡罕至的階層，就算強行把人綁走，只要聲稱當事人是死在迷宮裡面，就不會有人起疑。雖然也好奇他們在擄人之後，要怎麼光明正大地使用傳送陣離開，但或許有別的捷徑可走吧。

「各位，非常抱歉。埋伏在前方的那些人，很有可能是和我有關係的人物。」

米歇爾沉下臉，以幾分苦澀的語氣這麼開口。

沒想到是跟他有關啊。雖然還無法百分之百確定，但他似乎有自己已經被別人盯上的自覺。

「我不能給大家添麻煩。這裡就由我一個人處理。」

切換成威風凜凜的帥哥模式後，米歇爾不等大家回應，便開始邁步往前——然後被拉蜜絲一把揪住肩膀。

「還不確定他們一定跟你有關吧？而且，如果會有危險，就不能讓你一個人應付呀。」

「請妳放手。跟我待在一起，可能會有性命危險。」

儘管米歇爾試圖揮開拉蜜絲的手，但被擁有怪力的拉蜜絲緊緊揪住肩甲，他根本跑不了，看起來就像個想從父母身邊逃開，而不停暴動的孩子。

「先冷靜一點啦。你願意把自己被盯上的理由告訴我們嗎？」

「不願意。」

米歇爾果斷否定了休爾米的提問。從他的態度看來，感覺似乎有著什麼祕密。

是有什麼複雜的家庭問題嗎？如果他是個普通的社交恐懼症患者，倒還沒問題……不，是有問題啦，但不至於太嚴重。米歇爾隱瞞的另一件事，感覺問題更大。

「老娘明白你是顧慮到我們的安危，但用不著這麼擔心啦。只要有阿箱在就沒問題。」

「對呀。待在阿箱身邊的話，也不用擔心會受傷呢。」

面對全面信賴我的這兩人，能和她們說的就只有這句話了。

「歡迎光臨。」

只要待在我附近，我有自信能夠以〈結界〉徹底守護大家。

米歇爾

我們的一搭一唱似乎還是沒能說服米歇爾。他沉默下來，瞇著雙眼直視我。比起理論，證據還是比較有力吧。

我展開〈結界〉，將背負著自己的拉蜜絲一起包覆在其中。

「這藍色的光到底是……」

「這叫〈結界〉，好像是阿箱的加持能力喔。是一種能夠彈開各種攻擊、完全無敵的牆壁。就連階層霸主的攻擊，似乎都有辦法擋下喔。」

啊，米歇爾皺眉了。他以相當懷疑的眼神盯著我看呢。嗯，不相信這樣的說法，也是理所當然的反應啦。

「老娘能明白你難以置信。不然，你用全力揮刀砍向阿箱試試吧。要是你的攻擊完全不管用，就讓我們跟你一起過去。如何？」

「妳是說真的吧？如果阿箱先生無法防禦我的攻擊，妳們就絕對不能跟上來。能答應我這一點嗎？」

米歇爾的眼神變得相當犀利，整個人也散發出一種讓空氣變得緊繃的氛圍。我很明白他並不是因為厭惡我們才說這種話，而是為了避免我們遇上危險，才刻意擺出冷淡的態度。

不過，拉蜜絲可是撿起了路邊的自動販賣機，還扛著它到處走的濫好人喔。她不會因為這樣而屈服。

「嗯，好啊。我發誓，如果你那把大劍能穿過結界，今天一整天，我們都會乖乖待在原地不動。」

拉蜜絲沒有因米歐爾冰冷的眼神而動搖，只是靜靜地回望他。

或許是從她的眼神中感受到強大意志了吧，米歐爾從背後的巨大劍鞘中抽出大劍。刀柄的部分有著龍的軀體的精緻雕花，護手則是呈現龍頭造型。半透明的鮮紅刀身從敞開的龍嘴中探出，看起來簡直像一頭黑龍吐出炙熱的火焰。只是在一旁看著，就足以為這把大劍的氣勢震懾。看來，有展開〈結界〉一較高下的價值。為了回應拉蜜絲的期待，絕不能讓米歐爾貫穿我的〈結界〉。

「我不會客氣的。」

語畢，他將刀身擱在肩上，微微蹲低身子。他的預備動作好帥氣啊……噢，現在不是悠哉浮現這種感想的時候啊。好，來吧。不管是怎麼樣的攻擊，我都會用〈結界〉擋下！加油啊，〈結界〉！別輸了，〈結界〉！

……雖然試著這樣炒熱氣氛，但該怎麼說呢，一味仰賴〈結界〉的自己，讓我覺得有些難為情呢。

「喝啊啊啊啊啊！」

犀利吐出的長嘯，以及高高揮下的鮮紅刀刃。刀尖以稍微能劃入的軌道襲來——在我這麼想的瞬間，刀刃已經猛力撞上〈結界〉。

《點數減少500。》

喔喔喔！雖然成功彈開米歇爾的攻擊，但這一刀的強度超過〈結界〉負荷，所以出現了一行點數消耗的通知訊息。之前被階層霸主八足鱷衝撞時，我也因此額外消耗了一千點。米歇爾這一刀，竟然有那個衝撞攻擊一半的威力嗎？

太驚人了。這記攻擊的破壞力非比尋常耶。這樣的話，我有點想調查在承受拉蜜絲的全力攻擊後，會消耗多少點數呢。

「被擋下來了……怎麼可能，我的邪龍咆哮擊……！」

米歇爾維持著攻擊被彈開的姿勢，茫然地這麼叨唸。剛才那一擊真的很出色喔。我壓根沒想到，這會帶來被階層霸主攻擊時一半的損傷值。

「你看，不要緊對吧？不管發生什麼事，我們都不會受傷的。」

「就是這麼一回事啦。」

畢竟是已經說好的事情，儘管仍不太情願，但米歇爾還是答應讓我們同行。雖然現在完全是以「埋伏在前方的是敵人」的狀況來設想，但如果他們只是負責傳話的和善人物，就沒有比這個更好的結果了，嗯。

# 追兵

米歇爾走在最前頭，揹著我的拉蜜絲則是跟在一段距離外的後方。和我們同行的還有米可涅。剩下的大胃王團成員和休爾米，則是留下來看顧山豬貨車。

雖然米歇爾到最後仍未告訴我們等在前方的究竟是何方神聖，但從他臉上凍結的表情看來，就算是傻子，也能明白那幫人物恐怕不是能三兩下打發的對象。

「阿箱，要是情況危急，就拜託你嘍。」

「歡迎光臨。」

其實，我原本希望拉蜜絲也能跟休爾米他們一起在後方待機，但畢竟沒辦法讓米歇爾揹著我行動。這樣一來，我只有使出全力保護她一途了。埋伏在前方的，到底是什麼樣的人物呢？

「拉蜜絲，擋在前面的是五個男人。好像確實是衝著米歇爾而來的樣子。」

抽動著耳朵和鼻子的米可涅這麼斷言。拉近距離之後，光是憑藉嗅覺，就能得知這麼多情報嗎？沿著前進方向，我大概能看見幾個朦朧的身影，但很難判斷出正確人數。

「站在前面的三個人身手似乎很不錯。後方的兩個人則是魔法師，也可能是能發揮四大屬性，或是類似的加持能力的人物。」

米歐爾的表情和說話語氣都充滿了男子氣概。帥哥模式的開關大概一直是開啟的狀態吧。

「米歐爾，難道你能察覺他人散發出來的氣息嗎？」

「是的，某種程度上可以。」

能夠察覺他人的氣息，感覺很方便呢。雖然是身為自動販賣機的我這輩子都無法取得的技能就是了。如果加持能力或功能中有「氣息偵測」的話，應該會很有趣才是。下次來找找看好了。

那麼，現在問題來了。米可涅同樣已經理解我的〈結界〉效果，所以大概不會離開我太遠，萬一情況告急，也可以用他敏捷的腳程逃走。

然而，我不認為米歐爾會乖乖讓我保護。他似乎懷抱著什麼重大的祕密。透過這次的事件，或許能一探究竟。

位於一步步謹慎前進的我們前方，出現了五名男子。

其中一人臉頰上有著刀疤，散發出一股身經百戰的精銳戰士氛圍。他八成就是這支隊伍的隊長吧。站在前排的三人，身穿鐵灰色的成套鎧甲，手持盾牌和鎚矛，完全是重裝備打扮。

後方的兩人，則是握著前端鑲嵌看似巨大水晶的礦石的雙手杖，將罩在頭上的斗蓬拉得很低，看起來是標準的魔法師造型。

擔任前衛的三名男子身上的裝備，感覺是清流之湖階層很少看到的打扮。一方面是因為清流之湖階層濕氣較重，不適合穿著金屬材質的鎧甲，另一方面，則是很少有獵人會選擇鎚矛作為自己的主力武器，但這三人卻都使用鎚矛，所以相當罕見。

「您就是米歇爾大人吧？我們奉命來取您的項上人頭。」

「果然是這樣嗎？誰派你們來的？」

「關於這點，不用說，您想必也明白吧？」

「這倒是。」

現在道出這種感想或許不太好，但他們的對話真的很有模有樣呢。我有在古裝劇裡看過這種場景喔。不過，真要說的話，我希望他們不要用這種只有彼此能理解的對話，而是能詳細解釋一下呢。

「話說回來，後方的獸人……以及少女，是您的同伴嗎？」

有那麼一瞬間，刀疤戰士將視線停留在我身上。在判斷無法理解後，他似乎隨即停止思考跟我相關的問題。

「他們不是我的同伴。我們只是接受了同一個委託罷了。想取我的命無妨，但要是對那兩人和一台出手，我可不會放過你們。」

他連我也一起算進去了嗎？

聽到這句發言，拉蜜絲臉上微微浮現笑意。得知米歐爾把身為自動販賣機的我也列為想要守護的對象，或許讓她覺得很開心吧。

「這樣啊。如果您願意老實獻出自己的人頭，我們可以發誓不對他們出手。」

這種回答根本不能相信——我默默這麼想著。我還沒看過說了這種話之後，就真的不會對無辜者出手的人物。等解決了米歐爾之後，為了避免事跡敗露，也一併將目擊者殺害，可是既定發展呢。

「你覺得我會相信你的話嗎？」

「要如何判斷是您的自由。那麼，您選擇怎麼做呢，米歐爾大人？」

「這還用說嗎？我會打倒你們，也不讓你們碰他們一根手指！」

完全是理想的英雄形象。再加上帥氣外表，看起來更是架勢十足。如果是一台自動販賣機說出這種話，大概只會讓人不屑地用鼻子冷哼一聲吧。

反正，現在就以旁觀者的立場準備看好戲吧。我得讓自己專注到隨時都能發動〈結界〉。

「真是太偉大了。就請您懷抱這般崇高的情操，曝屍在這片荒野上吧。」

敵方擺出了準備應戰的姿勢。儘管我親身體驗過米歐爾的強大破壞力，但就算攻擊力高人一等，和敵人交戰時能否取勝，卻又是另外一回事。

拉蜜絲擁有足以把凱利歐爾團長壓著打的破壞力，但在嘗試交手的時候，後者卻輕鬆迴避了她的每一記攻擊。那時，我還記得團長說了「有技巧輔佐的力量，才能稱之為『戰力』」這類話語。

這三名男子看起來不好對付，然而，最大的問題是在後方待機、兩名看起來像是魔法師的人物。「戰士沒有魔法耐性」這種電玩遊戲中的常識，在這個異世界也通用嗎？

不管怎麼說，我可沒有什麼都不做、只是待在原地靜觀的義務。

我選擇變形成〈高壓清洗機〉。看到我變形之後的模樣，拉蜜絲似乎也察覺到了我的意圖，在揹著我的狀態下拔出水管，擺出準備應戰的姿勢。

在對付焰飛頭魔的時候，拉蜜絲實際操作過變成高壓清洗機的我，所以現在使用上應該也不會有問題。她將手放在腰際，準備隨時按下控制桿。

「米歇爾，後面那兩個交給我！」

不等米歇爾回應，拉蜜絲便往前衝去。米可涅也慌慌張張地跟了上來。因為擔心對方展開突襲，我還是先起動〈結界〉好了。

「那個藍色的是什麼？你們先把他們解決掉。」

兩名看似魔法師的人開始將魔杖的前端指向我們。我突然想到……我的〈結界〉應該也能防禦魔法吧？除了物理攻擊以外，它也能擋下火焰或高溫，所以應該沒問題才對……呃，真的沒問題吧？

想當然爾，敵方不可能理會我心中的擔憂。下一刻，從魔杖前端冒出的火球和石塊，便以暴雨之勢從一旁襲向我們。

徹底信賴著我的拉蜜絲，選擇直接衝向如雨點般噴射過來的火球和石塊。儘管不斷被迎面直擊，〈結界〉的半透明外牆仍將火球和石塊全數彈開，沒有讓半點攻擊侵擾到內部。

很……很好！看來魔法類的攻擊也能防禦呢。看……看吧～根本沒事嘛。拉蜜絲，妳就盡情大鬧一場吧。

揹著我這個鐵箱的拉蜜絲，毫不畏懼襲來的魔法，只是一股腦兒往前衝。看到這樣的她，敵方有點嚇到而往後退了幾步。

「開始噴水！」

逼近到和敵人不到三公尺的距離後，拉蜜絲按下控制桿，高壓水柱跟著從噴嘴噴射出來。

「什麼？是能夠操作水的加持能力嗎！」

雖然水柱的威力，只會讓被噴到的人有點痛而已，但用來遮蔽敵方的視線可說是綽綽有餘。接著，我又將用水切換成洗車時的清潔劑模式。於是，噴射水柱變成清潔劑的泡沫，沾得敵人滿身都是。

「噗哈！怎……怎麼搞的，我的視野！眼睛好痛！」

當然會痛嘍，因為清潔劑噴到眼睛裡了啊。渾身泡泡的兩名魔法師瘋狂掙扎，但被水噴濕的長袍黏在身上，已經讓他們行動困難了，再加上因為清潔劑而變得滑溜溜的地面，更讓他們狠狠滑了一跤。

「啊，感覺好好玩喔！」

畢竟，這看起來就像是拉蜜絲用水柱單方面徹底封殺敵方的行動嘛。這樣想必很好玩。一旁的米可涅用羨慕的眼神看著。這可不是在玩遊戲喔～

儘管敵方試著反擊，卻還是被〈結界〉擋下了所有攻擊。這應該算是單方面的蹂躪——或說是霸凌行為吧？

「你們在搞什麼啊！」

看似隊長的刀疤男出聲怒斥。那邊的戰況明明是三對一，米歐爾卻仍占了上風。就算是戰鬥的外行人，也看得出來這批來襲者的身手都十分俐落，劍術也很精湛。

儘管如此，仍打不贏米歐爾的三名男子，或許開始感到焦躁了吧。在看到後衛被我們壓制住後，他們變得更焦急，動作也接連出現破綻。

接著，我切換成清水模式，替兩名魔法師沖掉身上的肥皂泡沫。不斷滑倒的他們，現在已是滿身泥沙的狼狽模樣。明明沒有直接遭受攻擊，卻已經虛弱到氣若游絲。

米可涅迅速衝向無力反擊的魔法師身旁，以手上的繩子靈巧地捆住他們。除此之外，還用布條綁住他們的眼睛和嘴巴。

「只要眼睛看不見，他們就沒辦法在特定地點發動魔法或加持能力了。有些加持能力是以咒語為發動條件，所以我又用布條捆住他們的嘴巴，這樣也能順便阻止他們和同伴溝通聯絡。」

米可涅俐落地奪去兩名魔法師的戰鬥能力。感覺他好像很習慣應付這樣的敵手。

「米歇爾！這邊的兩個人被我們打倒了！」

聽到拉蜜絲這麼吶喊，剩下的三名男子一瞬間被分散注意力，動作也明顯變得遲鈍。米歇爾沒有放過這樣的機會。在他揮動大劍三次後，男子們同時雙膝跪地，然後倒下。

「謝謝你們。若是你們沒有出手相助，我的戰況恐怕會很危險。非常感謝。」

看到米歇爾深深一鞠躬，拉蜜絲一派輕鬆地以「沒關係~沒關係啦~」回應。米可涅握著繩子，朝被米歇爾撂倒的三人走近，確認他們的瞳孔和脈搏後，輕輕搖了搖頭。

那三人被殺死了嗎？畢竟是前來取自己性命的人物，就算基於正當防衛而殺了他們，也是理所當然的行為。雖然明白這一點，但內心還是有點騷動不安，就是我過去生活在和平日本的證據吧。

「另外那兩人，只是失去戰鬥能力的狀態嗎？這樣就能逼他們招供了……真是幫了大忙。」

米歇爾的雙眼不帶熱度，只有冰冷的光芒寄宿其中。

我對拉蜜絲徒手殺死魔物的行為沒有任何感覺，卻對這樣的米歇爾湧現了些微恐懼感。這種反應太過主觀了。這裡是異世界。若是為了這樣的事情動搖，可沒辦法繼續生存下去。

或許是因為清流之湖階層的生活實在太平穩又舒適，讓我對這個世界的認知過於天真了。恐怕得趁這個機會重新提高警覺才是。

「能請你們把留下來顧山豬貨車的其他人找過來嗎？我有些事想先問問這些人。」

或許是因為不想讓他人聽到逼供內容，米歇爾兜了個圈子要求我們暫時離開。他大概打算趁我們不在場時結束逼供吧。

「我知道了。那我去帶休爾米他們過來。」

拉蜜絲是個善解人意的孩子呢。她沒有繼續追究，跟米可涅一起轉身離開現場。在她背後搖晃的我，眺望著逐漸和我們拉開距離的米歇爾的身影。他一度朝我們瞄了一眼。那張側臉上面無表情，無法判斷他在想些什麼。

「感覺米歇爾也背負了很多事情呢。」

「歡迎光臨。」

「像這種事情，到底能深入問到什麼程度，最讓人傷腦筋了。」

「歡迎光臨。」

「我也知道，這次我們或許有些多管閒事，但我實在無法默默在一旁看著呀。還是說，跟他保持一段距離會比較好呢？」

拉蜜絲似乎也想了很多呢。我不知道該怎麼回答她這個問題才好。有些人會覺得被問太多很煩，但有些人反而希望別人多問一些。

米歐爾感覺很害怕讓別人捲入自己的麻煩事之中。與其說是拒絕和他人交流，我覺得他也可能只是為了不讓被害擴大，才會顧慮這麼多。

思考這些的時候，我們順利和守在山豬貨車旁的休爾米等人會合，再不疾不徐地一起前往米歐爾的所在處。

這樣的往返約莫花了三十分鐘。回到方才戰鬥的地方時，那裡只剩下米歐爾獨自佇立在原地，不見另兩名看似魔法師的敵人。而遭到砍殺的三名男子屍體——同樣消失了。

我原本以為是米歐爾把他們放走，但仔細觀察後，我發現地面有幾處微微燒焦的痕跡，而且輪廓看起來跟人體很像。焦痕一共有五處……所以，就是這麼一回事了吧。

「看來你已經處理完畢了。辛苦啦。」

「我把大家帶過來嘍～」

休爾米似乎已經理解這裡發生過什麼事，於是刻意以輕鬆的語氣向米歐爾開口。拉蜜絲也快活地朝他揮揮手。現場完全感覺不到嚴肅的氣氛。

「歡迎回來。讓各位捲入我的私事，真的非常抱歉。」

「別在意、別在意。阿箱之前還曾經被綁架，或是因為階層地裂現象而掉到下方階層，我已經被捲入意外好多次了呢。」

「太可惜了。」

「就是說啊。」

當初真的受到拉蜜絲諸多照顧呢。

聽到我們的對話，米歐爾原本緊繃的表情稍微放鬆了一些。

「雖然無法告訴各位詳細的來龍去脈，但我現在基於某種理由而遭到追殺。如果再繼續跟大家待在一起，可能會影響到你們的性命安危，因此，我打算先行返回聚落，再移動到其他階層。這段時間，非常感謝大家的照顧。」

「啊，等一下。既然你懷抱著不為人知的祕密，同時又擁有高強的實力，那要不要加入愚者的奇行團？團長說他正在招募這樣的人才呢。」

「對喔，他有說過這種話。那傢伙曾經自豪地表示『只要有實力，出身經歷什麼的全都無所謂。應該說，我們的團員之中，沒有一個人的出身背景是乾乾淨淨的』吶。」

沒想到她們會突然幫忙挖角耶。這麼說來，凱利歐爾團長確實說過這種話。感覺他會若無其事地說出「打敗來襲的追兵，正是應付突襲最好的訓練」這樣的發言呢。畢竟凱利歐爾團長是個心臟超大顆的人。

「妳們說的愚者的奇行團，就是那支赫赫有名的獵人隊伍嗎？」

「沒錯沒錯。他們的團員都是很有趣的人喔。我們也約好偶爾會協助他們行動。」

「哎呀，你別想得太複雜，就試著跟他們接洽一次吧？想培養實力的話，加入那支隊伍，應該是個不錯的選擇。」

「這樣啊……我會試著跟他們接觸看看。那麼，我們有緣再會。」

對著我們深深一鞠躬之後，米歐爾便挺直背脊離開了。儘管離去的身影也威風凜凜，但我可不會忽略隨著風傳來的低喃聲。

「愚者的奇行團……要我加入有一堆陌生人的隊伍……我做不到啦～」

啊～對他來說，難度果然太高了嗎？進入帥哥模式的時候，他明明是個相當可靠的男人呢。就把這樣的反差視為他的魅力吧。

在無人出聲阻止的狀態下，我們默默目送米歐爾離去，直到他的身影完全消失後才再次啟程。要是行進速度太快而追上米歐爾，感覺還滿尷尬的，就盡量放慢速度，悠哉地前進吧。

在我們花了兩倍以上的時間返回聚落後，天空已經開始染上夜色。不需要趕時間的我們，就這樣在迷宮階層唯一的旅館度過了夜晚。

「雖然發生了一堆事情，但現在總算能回到清流之湖階層了！」

隔天，站上傳送陣的成員之中，只有拉蜜絲一人精神奕奕。休爾米睡眼惺忪地強忍著打呵欠的衝動，大胃王團的成員們則是揉著眼睛，一臉完全沒睡飽的樣子。

這也很正常。現在是太陽才剛露臉的清晨，是夜貓子跟夜行性生物倍感煎熬的時間帶。

昨天，向獵人協會報告沒有發現任何異常，又稍微說明過狀況後，我們便輕鬆完成了這次的委託。之後，大家跟我買了一堆商品，然後一直狂歡到深夜，所以就變成現在這樣了。

「老娘可要暫時恢復悠哉做研究的生活嘍。」

「大胃王團，你們之後有什麼計畫嗎？現在，清流之湖階層有很多工作機會喔，應該可以讓你們賺到不愁吃穿的報酬呢。」

「那就暫時在那裡討生活好了。希望可以吃得很飽呢～」

「我好想洗澡喲。」

「畢竟是在熊會長支配下的階層，環境一定不會太壞。」

除了休爾米以外，大胃王團的成員似乎也打算住在清流之湖階層。以後可以期待他們變成常客了。

離開迷宮階層之後，我這輩子應該就不會再踏入這裡了吧。真要說的話，若非被捲入階層地裂現象，我也不會從上空降落到這裡來了。

雖然也因此結識了幾個新面孔，但能讓我放心過日子的地方，還是清流之湖階層呢。儘管才離開將近一個月，我卻已經覺得懷念不已。

真想趕快被放回獵人協會外頭的老地方，跟以前那些熟客做生意啊。大家一定也引頸期盼我回去吧。畢竟看到大家拿到商品時開心的表情，是我身為自動販賣機最大的樂趣。

「那我們回去吧～！」

聽到拉蜜絲的吶喊，一旁的公會職員將傳送陣起動。被腳下泛出的光芒包圍住之後，一股身子變輕的漂浮感跟著湧現。

接著，在以為自己失去意識的下一瞬間，眾人腳下的光芒消失，周遭環境也變得完全不同。前一刻，我們原本還待在約莫三坪大小的木造房間裡，但現在卻身處一間巨大的石造房間中。四面牆上都設置著看似魔法道具的壁燈，因此，儘管沒有窗戶，源自魔法的光芒仍讓視野十分明亮。

「看來，已經回到清流之湖階層了呢。」

原來清流之湖的傳送陣設置在這種地方啊。這裡的居民很多，再加上時常需要運送物資，如果不換個大一點的房間，或許會有很多不便呢。

拉蜜絲推開尺寸足以讓我輕鬆進出的大門，來到外頭的走道上。我們的右方是整齊並列的幾扇門，左方則是巨大的窗戶。

這條走道十分寬敞，可以讓四五個人同時並肩行走，同時還有著三公尺以上的挑高設計。窗外照進來的陽光，讓人能判斷今天的清流之湖階層是個大晴天。

在長長的走道盡頭，是另一扇雙開式的大門。推開這扇門後，映入眼簾的是獵人協會的一樓大廳。

大廳裡不見半名獵人，只有獵人協會的職員待在裡頭。

一如往常地坐在櫃台後方的職員姊姊，在看到我們現身之後……不知為何驚訝地以手掩嘴。

「咦！阿箱先生，你怎麼會從那裡出來？」

咦！啊，我懂了。我先前被捲入階層地裂現象，然後墜落到下方階層。所以，看到我從通往傳送陣的走道現身，會感到不解也是正常的吧。這就是她們吃驚的理由嗎？

「阿箱遇上階層地裂現象，結果掉到下面的迷宮階層去了。是我們下去把它接回來。」

休爾米隨即從旁說明。這樣應該就能化解職員們的疑問了吧。

「啊，我們已經聽會長說過這件事了，所以也知情……」

咦？那妳們為什麼還一臉驚訝？既然知道這件事，應該就沒問題了啊？

「阿箱先生。從今天早上……或該說從一星期之前開始，你就已經在聚落裡做生意了吧？」

「咦！」

咦！拉蜜絲跟休爾米的驚嘆聲，和我內心發出的驚呼同步了。這……這是怎麼一回事？我在大約一個月之前掉到下方的階層，直到剛剛才返回這裡耶。這樣雙方的說詞兜不攏呢。不管怎麼想，她說的事都不可能發生。

「等……等一下。阿箱一直都待在迷宮階層呢。這段期間，它從來沒有回到這裡來呀。」

拉蜜絲將雙手撐在櫃台桌面上，探出上半身逼近職員。女性職員們則是一邊伸手制止她，一邊努力維持著臉上的營業用笑容。

「就算您這麼說……但我們真的有在聚落裡頭看到阿箱先生出沒呢。對吧？」

「嗯……嗯。我昨天也有跟它買東西喲。」

坐在一旁的女性職員點頭回應。感覺這兩人沒有在說謊。不過……但是……這樣一來，就是企圖冒充我，或是類似我的存在出現的意思？

「所以，現在蹦出了阿箱的冒牌貨嗎……這可是重大的事態吶。」

「冒牌貨……我得去說說對方才行！」

看到一臉憤慨的拉蜜絲打算往外衝，我以一句「太可惜了」制止她。

「阿箱，你為什麼要阻止我呢？是你的冒牌貨耶。我可不原諒別人裝成你的模樣做生意。我要好好抗議一番，讓對方停止這樣的行為。」

拉蜜絲的意見固然沒錯，但對方究竟是基於什麼樣的想法做出這種事，讓我相當在意呢。是因為我消失了，所以打算取而代之嗎？還是說，對方只是想模仿我的商業行為，藉此大撈一筆？

是後者的話，就沒有理由責難對方了。模仿別人的商業模式，可說是賺錢的基本道理。再說，對方是怎麼提供自動販賣機的功能，也讓我很感興趣呢。

「冷靜點啦，拉蜜絲。在不確定對方用意的情況下，還是不要隨便採取動作比較好。我們先跟熊會長報告，再一起展開調查吧。」

休爾米的意見跟我一樣呢。不過，站在她的角度來看，休爾米或許只是對對方產生了學術上的興趣，才會這麼提議吧。

儘管怒氣未消，拉蜜絲還是不太情願地答應了。於是，我們一行人便往熊會長的房間前進。

為了前往迷宮階層尋找我的下落，熊會長一連擱下工作好幾天。因此，在返回清流之湖階層後，他似乎一直在這裡和大量的文件奮鬥。

「會長～可以進去嗎？」

「是拉蜜絲嗎？你們回來了啊。無妨，請進。」

熊會長缺乏霸氣、聽起來疲憊不堪的嗓音，從大門的內側傳來。

打開大門後，我看見熊會長正帶著一臉厭煩的表情，盯著桌上堆積如山的文件。他以自己的熊掌靈巧地握著筆，但我不禁擔心起他有沒有辦法寫字的問題。

「我正好想休息一下吶。阿箱，我想跟你買點冰冷的飲料。」

「歡迎光臨。」

熊會長向我買了檸檬茶後，重重坐在沙發上一口氣喝光。他很明顯累積了不少疲勞呢。

「各位也請坐吧。能請你們報告一下任務的執行結果嗎？」

休爾米代表我們一行人，向熊會長說明了迷宮周遭的狀況。接著，在片刻的猶豫後，她也將米歇爾的事情一五一十說出來。

「米歇爾啊。我有聽聞他是一位優秀的獵人，但不曾跟任何人組隊，或許是有什麼重大的隱情吧。我會記住這件事。」

呃，其實他的社交恐懼症也是原因之一啦。

「那麼，會長。你知道最近聚落裡出現了阿箱的冒牌貨嗎？」

「妳說冒牌貨？抱歉，我一直足不出戶地待在這個房間裡吶。所以對外頭發生的事有些生疏。」

「聚落裡似乎出現了某個跟阿箱很相似的存在，大家都誤以為那就是阿箱。我們想針對這件事稍做調查，需要取得獵人協會的同意嗎？」

「不，你們可以儘管去做。他人……要用言語闡述這種情況有點困難，不過，阿箱也是清流之湖階層的居民之一。若是有人假借居民的身分，想藉此圖利的話，就必須給予相對應的制裁才行。現在，我以獵人協會的立場，委託你們拆穿對方的真面目。不過，還請你們避免訴諸暴力。

若是已經掌握到確切的證據，倒還不成問題。」

「嗯，我知道了。我一定會拆穿那個冒牌貨！」

拉蜜絲緊握著雙拳回應。會長最後還特別叮嚀，所以她應該不至於做出失控的行為，但我還是有點擔心耶。

話說回來，我的冒牌貨啊……對方到底是什麼樣的存在呢？我開始有點……不對，應該說是非常感興趣呢。接下來，會出現在眼前的究竟是什麼，就讓我期待一下吧。

## 冒牌貨

將大胃王團留在熊會長身邊後，拉蜜絲和休爾米便準備動身前往探查敵情。我也想跟著去。

因為我對這個冒牌貨超級有興趣呢。我想親眼見識一下，而不是光聽他人轉述。不過，要是拉蜜絲一如往常揹著我這台自動販賣機行動，馬上就會被對方發現了嘛。隱藏著真實身分過去觀察，是最理想的做法。

因此，我變形成〈紙箱自動販賣機〉，讓休爾米把我裝進一個大包包裡，然後再提著走。除了這樣的我以外，她們倆也稍微變裝。

拉蜜絲鬆開原本的單邊馬尾，戴上一頂材質柔軟的寬緣帽。衣物則換成一襲開襟毛衣衫和長裙，巧妙隱藏住她平日活潑開朗的氣質。現在的拉蜜絲，看起來像一名家世良好的千金大小姐。

「我……我穿成這樣，會不會很奇怪呀，阿箱？適合嗎？」

「歡迎光臨。」

這副打扮雖然一反她平常給人的印象，但加上拉蜜絲羞澀的反應後，看起來可愛得不得了耶。我得用監視攝影機錄下來才行。

「妳完全換了個人吶，拉蜜絲。」

一邊這麼表示，一邊目不轉睛地盯著拉蜜絲看的休爾米，看起來也完全不一樣了。

她將原本只是隨便紮起的一頭長髮，綁成垂在身後的麻花辮。還戴著一頂能增加頭部厚度的鴨舌帽。

她穿著一件貼身的無袖高領上衣，讓身體曲線一覽無遺……但胸部是墊出來的呢，看起來比平常宏偉許多。下半身則是讓大腿坦露在外的低腰短褲，一雙纖細白皙的美腿從裡頭探出。

不是平常那種可疑又不太健康的模樣，而是方便活動的打扮。

「休爾米這身打扮也好帥氣呢。對不對，阿箱？」

「歡迎光臨。」

「老娘對這方面不太拿手吶。」

休爾米搔了搔頭，罕見地做出難為情的反應。平常總是罩著一件黑色大衣的她，坦露在外的肌膚面積並不多，所以，現在的打扮看起來充滿魅力和新鮮感。其實，褪去黑色大衣後，裡頭可是一件設計相當暴露的衣物。但只有少部分的人知道這個事實。

因為她的底子很好，只要稍微注重服裝儀容，應該就會很受異性歡迎才是。

「那我們去探查敵情吧！」

「嗯，雖然還是有點害臊，但就出發吧。」

「歡迎光臨。」

一起走在聚落裡頭的我們，從剛才就飽受眾人的注目禮，而且不分男女。

男人們全都露出了看到極品女性的好色眼神，女人們則是看得入迷，不時還能聽到輕聲讚嘆傳來。因為拉蜜絲和休爾米都是高水準的美女，會吸引大家的目光，我能夠理解。但作為探查敵情的打扮，這樣好像不太適合呢。

「噯，假阿箱出現的地點，是這裡沒錯吧？」

「嗯。就在……噢，就是之前鎖鏈食堂開設的地點附近吶。」

聽到休爾米這句話的瞬間，我內心湧現了不好的預感。不對，與其說是預感，不如說是確信。我總覺得已經看穿這件事的來龍去脈了。

倘若鎖鏈食堂和我的冒牌貨有關……但擅自認定也不是好事呢。先到現場收集情報後再下判斷吧。

順著大路往前進之後，人潮感覺愈來愈多了。現在是接近中午的時分，一般情況下，應該會有一堆人聚集在獵人協會外頭的路邊攤附近才對，但今天卻沒看到幾個人。是因為人潮都湧來這裡了嗎？

來到能直接看見鎖鏈食堂遺址的地點後，映入眼簾的是一整條人龍。這條隊伍的最前頭則是一個巨大的白色箱子。看來，那就是我的冒牌貨了吧。在這樣的距離之下，我沒辦法看清楚它的外型呢。

現在，大概有十個人為了購買商品而在這裡排隊。另外，坐在設置於戶外的桌椅前享用食物的人，則約莫有二十名左右。

「我們也來排隊吧。」

「嗯，我知道了。」

我們排在隊伍最末端。在輪到我們買東西之前，我仔細觀察這裡的狀況。那個冒牌貨靠在鎖鏈食堂的遺址外牆上直立著。鎖鏈食堂的大門緊閉，並沒有重新開始營業。

隨著隊伍慢慢前進，我發現那個冒牌貨的尺寸比我大上兩圈。高度看起來遠超過兩公尺，可能跟熊會長的身高差不多。而長寬感覺也有我的兩倍之多。

本體的顏色和造形設計雖然跟我很類似，但總給人一種廉價感，可以看出是手工努力打造而成的。錯不了，一定是有人模仿我做出這個東西。

「喔，終於輪到我們了嗎？」

我的上半部稍微從包包裡探出，所以能看得很清楚。這個冒牌貨的造型果然跟我極度相似。不過，擺上架的商品卻截然不同。

在機體的兩排商品陳列架中，上排全都是飲料，但容器跟我提供的商品完全不一樣。這台冒牌貨提供的飲品，全都是玻璃瓶裝再加上軟木塞的設計。按鈕上方還有這個世界的文字標註的商品名稱。這樣的介面設計倒是比我來得親切。

「看起來是甜甜的茶和水，還有用水果榨出的汁液吶。定價是一枚銀幣。」

休爾米悄聲向我傳達情報。連價錢也是配合我過去的定價嗎？感覺這個世界能弄出來的飲料種類，全都匯集在這裡了呢。

「下排是食物呢。炸肉塊、義大利麵，還有用麵包夾住餡料的食物。」

下排陳列架擺的是食物。炸雞塊、偽拉麵、三明治，還有類似關東煮的東西。雖然對方看起來相當努力，但真的有辦法以熱騰騰的狀態，提供這些商品嗎？

「那麼，老娘就飲料跟食物各買一種好了。」

說著，休爾米將銀幣投入投幣孔。投幣孔的設計也跟我一樣呢。不過，在投入銀幣後，商品按鈕並沒有跟著發光。這樣就不好判斷可以購買的商品了耶。

「已投入一枚銀幣。」

唔喔喔！自動販賣機發出聲音了。咦，這個世界的技術水準，能夠讓人聲重現嗎？我記得休爾米曾說過，這方面的技術仍有待研究，還無法普遍導入實用才對啊。

「語音播放功能嗎……但……」

投入第二枚銀幣後——

「已投入兩枚銀幣。」

人聲再次傳來。這次，我跟著專注傾聽，然後發現是年輕男性的聲音，而且嗓音中還透出語音系統所沒有的逼真感。

休爾米微微不解地歪過頭，接著投入第三枚硬幣。

「已投入三枚……咳咳！銀幣。」

竟然咳嗽了！咦，難道是有真人躲在這台自動販賣機裡頭嗎？

臉上浮現壞心笑容的休爾米，緩緩伸出雙手，同時按下奶茶和看似炸雞塊的食物的按鈕。

「咦……！」

我確實聽到男人發出的困惑驚呼嘍。要是裡頭躲著真人，我就能理解了。這個異世界的技術，還做不到自動販賣機那樣的性能。但要是裡頭有人負責對應，收錢和提供商品等作業流程就不會有問題了。

雖然飲料已經出現在取物口，但炸雞塊遲遲未出現。

「請稍待片刻。」

自動販賣機裡頭的人這麼表示。可是，如果只是端出已經炸好的現成品，應該馬上就能提供了吧？

在這之後，又過了五分鐘以上的時間，商品才出現在取物口。

放在陶盤裡的炸雞塊，不斷冒出熱騰騰的蒸氣。與其說是將現成品再次加熱，我覺得這更像是現炸的耶。

難道是在這台自動販賣機裡頭做好的？不對，不可能啊。就算機體比我還大，但這樣的空間，沒辦法讓成年人待在裡頭烹調食物。

「那我就買水跟有湯汁的義大利麵好了。」

按下商品按鈕後，水馬上出現在取物口，但偽拉麵果然得花上一點時間。雖然比炸雞塊來得快，但我們也等了三分鐘左右。

偽拉麵看起來同樣是現做的。這台販賣機裡頭不可能放得下製作炸雞和拉麵的設備吧？到底是什麼樣的機關？

拉蜜絲和休爾米將餐點放在附近的桌上開始享用。

「喔～滋味挺不賴的嘛。感覺不是先做好放著的東西。」

「嗯，對啊。還滿好吃的……咦？但這個味道……好像跟以前在鎖鏈食堂吃過的很像呢。」

聽到拉蜜絲的感想，我瞬間明白了。那台自動販賣機設置的場所就是一切的答案。它想必是鎖鏈食堂的相關者打造出來的吧。

我猜，那台自動販賣機的後方或許是敞開的，然後跟鎖鏈食堂的遺址內部相通。在遺址牆上鑿出一個洞，然後在外側設置自動販賣機，等客人投錢後，再指示在鎖鏈食堂裡頭待命的工作人員製作商品。如果這麼想的話，一切就說得通了。

至於對方為何要如此大費周章做生意，最大的目的，或許就是要搶走我的客源吧。除此以外，也有可能是故意要找我麻煩。

一台魔法道具竟然能讓知名連鎖店顏面盡失。當初，他們會這麼乾脆地退出清流之湖階層，或許是為了安排時間準備這個作戰計畫吧。

「那我們回去吧。回到帳棚裡再來好好商量一下。」

「嗯，說得也是。」

既然已經明白偽自動販賣機的機關以及幕後黑手的身分，剩下的就是擬定因應對策了。被這樣抄襲，雖然令人不是滋味，但老實說，他們這種方向錯誤的企業努力，我還挺佩服的耶。

倘若我就這樣在迷宮階層故障毀損，鎖鏈食堂的掉包作戰會成功嗎？雖然我覺得成果和我十分神似，但他們能夠提供的服務品質，恐怕騙不過我的常客呢。

實際上，剛才排隊購買商品的人潮之中，就不見我的常客。他們的商品味道似乎還不賴，但真要說的話，感覺就是其他餐飲店也吃得到的東西吧。

而且，透過我之前的協助，路邊攤和部分餐飲店提供的食物，無論是滋味或品質都有所提昇。若打算以美味程度來一決勝負，鎖鏈食堂還不見得能夠占上風。

我總覺得，就算放任不管，這台偽自動販賣機也會慢慢凋零呢。畢竟，在客人指定商品後，他們得用最快的速度完成食物，再加上偽自動販賣機只有一台，作業效率並不好。

他們真的賺得到錢嗎？這樣的生意恐怕做不起來吧。

返回帳棚裡之後，拉蜜絲和休爾米便開始商討對策。不過，她們最後的結論，也是「讓我像以前那樣，以自動販賣機的身分重操舊業就好」。

於是，到了隔天，我返回獵人協會外頭的既定位置並開始做生意的情報，隨即在聚落中擴散開來，常客們也一擁而上，讓我的商品飛快地銷售出去。

經營路邊攤的老闆們，也為了補充食材而來向我大量批貨，從早到晚，來買東西的人潮從未散去過。過了一星期，狀況差不多穩定下來的時候，冒牌自動販賣機便黯然撤退了。原本設置的靠牆處，牆面上被人釘上了幾片木板封死。

雖然希望鎖鏈食堂能就此放棄，但我總覺得他們之後還是會繼續作亂呢。從這次的事件看來，我完全被盯上了啊。

因為是攸關顏面的問題，而對方又是知名企業，很有可能會認真試著搞垮我。總之，要是對我或我的同伴出手，他們就等著被擊退吧。

# 大胃王比賽

冒牌貨事件結束過了幾天後，清流之湖階層的聚落逐漸恢復和平的日常。這天，順利保住客源的餐飲店店長們，再次強制我參加他們的聯合會議。

「因為大量僱用了能使用土系魔法的獵人，所以，聚落外牆已經有九成都修復完畢了。」

「喔～獵人協會也很努力吶。」

「只要外牆能修好，防禦體系就萬無一失了。」

看到一如往常地擔任會議主持人的姆納咪拍手，其他店長也跟著鼓掌叫好。因為這樣一來，就無須在意外敵的問題，可以放心做生意了嘛。

如同姆納咪的說明，防禦外牆會比想像中更快修好，主要是因為獵人協會大量僱用了能夠使用土系魔法的人員。

過去，這個聚落的外牆，有一半以上都只是用一根根木樁並排而成，要說是防禦外牆，恐怕會令人汗顏，但現在，則是高大厚重的土牆圍繞著整個聚落。

「各位，請安靜。再過兩星期，外牆應該就會全數興建完成。只要安全狀態得以確保，這個聚落想必就能繼續發展，也會有愈來愈多人口移入。現在，為了紀念外牆完工，我希望各大餐飲店能聯合起來辦一場活動。」

之前鎖鏈食堂進駐一事，讓這個階層的餐飲店成了一心同體的團結狀態。店家們不是彼此敵對，而是能攜手合作，這樣的關係真不錯呢。

「至於活動內容，我希望能舉辦一場大胃王比賽。」

「噢，因為獵人們都很能吃嘛。感覺會是一場很熱鬧的活動喔。」

「是啊。要是能提供獎品給冠軍，就可以吸引大量的參加者了。」

「只要酌收報名費，我們應該也不至於賠錢才是。」

大胃王比賽嗎？準備工作很單純、規則也簡單易懂，應該能辦得很熱鬧吧。

「對了，選擇能帶來飽足感的食物比較好吧？」

「另外成立一個女性部門，然後進行甜食大胃王比賽如何呢？」

「或是反其道而行，選擇方便入口的食物，或許比較能營造大胃王的氛圍，觀眾也能看得過癮吧。」

店長們熱絡地提出各種不同的意見。上次開會時，他們還完全把我當成救命稻草，看著這群店長如此積極主動地炒熱話題，讓我放心多了。

呃，這種感覺高高在上的說話語氣似乎太失禮了。我也只是藉助體內商品的力量，才得以存在的一台自動販賣機而已嘛。

「那麼，我們就以兩週後舉辦的比賽為目標，請雜貨店老闆製作傳單、張貼海報。各位，就讓我們舉辦一場熱熱鬧鬧的活動吧！」

「喔————！」

看著店長們高舉雙拳的模樣，我總覺得自己好像沒有必要出席啊……他們從頭到尾都不曾徵詢我的意見，讓我覺得有些落寞呢。

就這樣，我只是在一旁眺望著這群興致勃勃的與會者——到底為什麼要帶我來參加啦。

◆

在那之後又過了幾天，為了準備這場盛事，聚落內熱熱鬧鬧地忙成一片。

比賽會場設立在獵人協會外頭的廣場。場地的相關準備作業也正如火如荼地進行。因為聚落同時在進行修復作業，所以這裡聚集了多到滿出來的木匠。儘管是只有當天會使用的會場，逐漸成形的舞台卻有著相當豪華的設計。聚落裡到處都張貼著這場活動的宣傳海報，也有人員在路上發傳單。朝著活動當天邁進的這股氣氛，似乎已經來到最高潮。

各大餐飲店都提供了要送給參加者的獎勵。只要能晉升前五名，就能拿到相當不錯的獎品的樣子。就我大致聽到的情報，武器店會提供武器、道具店則是提供獵人專用的成套道具，另外還有很多會讓所有獵人心動不已的獎品。

為此，報名參加大胃王比賽的人數一天比一天多。能看到主辦單位開心到幾乎發出慘叫的反應，真是太好了。

「阿箱先生，請你務必藉助我們一臂之力！」

再次被拉著參加聯合會議時，店長們發出不知是基於開心或驚恐的慘叫聲，一起哭喪著臉朝我撲來。

每個人臉上都帶著極其悲壯的表情，像是一群活屍般將我團團包圍。

「等……等等啦！這樣會嚇到阿箱耶！」

「各位大叔，你們冷靜點啦。」

在陪同我過來的拉蜜絲和休爾米安撫下，店長們的情緒終於平靜了一些。

「所以，你們想拜託阿箱什麼事啊？聽說大胃王比賽的準備工作進行得很順利不是？」

「嗯嗯，我也打算參加呢。」

「拉蜜絲，關於這點……參加人數確實很順利地增加著。原本……是很順利的。直到我們得知那幫人也會參加為止。」

說到這裡，姆納咪頓了頓，以相當嚴肅的表情凝視著拉蜜絲。

「那幫人」？從這個帶著危險氣息的代名詞，我能聯想到的，大概就是有人為了阻撓活動進行而派遣刺客前來之類的狀況。而能夠想到的妨礙者，大概就是鎖鏈食堂了。

「足以破壞比賽平衡的黑洞少女莯伊，以及大胃王團也打算參加這場大胃王比賽呢。」

聽到再次開口的姆納咪道出的這句話，我徹底理解了將這群人逼到走投無路的現況。

愚者的奇行團之中，食量最驚人的大胃王少女莯伊。投入到我體內的硬幣，完全足以證明她旺盛的食慾。平日，她總是能輕鬆解決一般人食量五倍以上的餐點。而且，在吃完後——

「不要吃到十分飽，才比較方便活動哩。」

她還會以若無其事的語氣這麼表示。得知這樣的莯伊要參賽，店長們會陷入恐慌也很正常。

除了她以外，大胃王團的四名成員也要參加嗎？他們的胃袋也不能小覷。過去，這五個人卯起來吃喝的時候，我還被逼得補了兩次貨呢。

據說，塔斯馬尼亞惡魔可以吃下高達自己體重一半分量的食物。雖然體型嬌小，但他們的體重應該也有五十公斤左右吧。所以，要是認真起來，搞不好能輕鬆吞下二十公斤以上的食物。一口氣有四隻這樣的生物參賽，主辦單位會感到絕望也理所當然啦，嗯。

雖然會酌收參加費，但這五個人來參加的話，收入絕對追不上支出。

「這樣一來，我們豈止是虧損，根本是超級大賠本！不管端出多少餐點都不夠！」

「聽說，有大胃王團參加的比賽，別說是食材了，甚至連一丁點廚餘都不會留下……」

「大家好不容易團結起來，然後努力走到今天吶。這樣一切都要化為烏有了！」

一邊發出悲痛吶喊、一邊以拳頭捶地的同時，這群店長還不時以可憐兮兮的眼神偷瞄我。我過去有一段跟這個完全相同的體驗喔。總之，先停止這種彆扭的戲碼吧。

「所以，你們想拜託阿箱構思能應付這五個大胃王的對策，或是提供商品，對吧？」

店長們默契十足地點頭如搗蒜，彷彿之前已經排練過很多次一樣。連點頭的時間點和次數都一致，恐怕很難說是巧合了。

我所能做到的，大概只有提供能夠滿足那些大胃王的大量食物，或是讓他們在事前或比賽中攝取一些有飽足感的食物吧。

對了，把飲料換成碳酸飲料的話呢？如果選擇重口味或辛辣的東西當作比賽用的食物，參賽者就容易口渴，喝下的碳酸飲料也會增加。

雖然是對健康不太好的搭配，但既然都參加大胃王比賽了，還在意什麼健不健康的問題呢。

我這麼想著，然後在取物口落下兩公升的瓶裝可樂。拉蜜絲取出可樂瓶放在桌上後，店長們全都過來圍觀，然後不解地歪過頭。

「呃……這個是入喉感很有趣的一種飲料，好像裡面塞滿了氣泡的感覺。」

「老娘還滿喜歡這玩意兒吶。它很甜，而且喝了會有飽足感。阿箱的意思應該是『如果隨餐提供這款飲料的話，就能讓參賽者的食量縮小』吧。是嗎，阿箱？」

「歡迎光臨。」

即使聽了這兩人的說明，店長們仍是一臉會意不過來的表情，於是拉蜜絲便將可樂注入杯中，直接讓他們試喝。但店長們都只是盯著手中的杯子看，沒有一個人願意將其湊近嘴邊。

每當看到可樂裡頭的氣泡迸裂，他們就嚇得雙肩一震。在一旁的休爾米實在看不下去了，便率先一口氣喝光自己那杯。

「咕哈～～這種飲料通過喉頭時帶來的酥麻刺激感，真的會讓人上癮啊。」

休爾米津津有味地喝完可樂，還用手擦了擦嘴的模樣，激起了店長們的好奇心。於是，他們也小心翼翼地啜了一口。

「唔喔！這是什麼？我第一次喝到這種口感的東西吶。」

「好像有什麼在嘴巴裡爆炸開來。雖然我覺得味道太甜了一點，但這樣的氣泡感，讓它喝起來很爽口耶。」

「感覺我也會喜歡上這種飲料呢。」

看起來評價大致還不錯。不過，也可能有人不喜歡碳酸飲料，這恐怕也是一個問題。

「如果用這個取代飲用水，參賽者會不會有怨言呢？」

「啊～有可能喔。我就沒辦法接受它的口感吶。」

「不然，讓參賽者自己決定飲料要選水或這個吧？」

「不不不，這樣的話，選水絕對比較有利啊。」

這方面的抉擇，只能交給店長們自行判斷了。不同於方才絕望的氣氛，現在，他們不斷提出各種意見和點子，看起來應該不要緊了吧。

拉蜜絲和休爾米沒有插嘴，暫時以旁觀者的身分在一旁啜飲著奶茶。最後，店長們擬定了這樣的因應對策。

他們決定在大胃王比賽中同時提供飲用水和可樂，讓參賽者自行選擇想搭配的飲料。這樣一來，選擇飲用水的人絕對會比較有利，但針對這個問題，他們也想出了一個有趣的對策。

在大會舉辦日之前，先在各大店鋪擺放少量的可樂，並以相當昂貴的定價販售。他們判斷，透過這樣的作戰，在得知比賽當天能喝到免費可樂後，大部分的參賽者應該就會選擇可樂作為搭配的飲料，而不是水了。

這還真是個妙計耶。真心想拿下冠軍的話，應該要選擇水才對。但這些參賽者並非以大胃王的身分在謀生。就算輸給眼前的誘惑也無可奈何呢。

「所以，阿箱先生。如果您能夠以親民的價格提供這種飲料，我們會非常感激。」

看到店長們搓著雙手懇求我的模樣，我忍不住在內心苦笑。不過，我本來就打算以不至於賠本的價格提供給他們，所以便以「歡迎光臨」表示允諾。

這樣一來，事前準備就完成了。剩下就是期待比賽當天到來嘍。

# 大胃王比賽當日

真熱鬧啊。陽光普照的這個大晴天，有好多人排隊等著領取大胃王比賽的參加證。參加者男女老幼、各種種族都有，可見宣傳的成效相當不錯。

最後，店長們選擇炸肉塊作為比賽用的品項。不過，因為參加者人數多到超過想像，最後還得動員所有獵人外出狩獵，以便補充食材。

在會場後方的廚房裡，工作人員們正忙著將堆成小山高的肉類下鍋油炸。看到這些肉塊的量，不禁讓人湧現「棲息在聚落附近的動物是否都被狩獵殆盡」的擔憂。

對了，之前我曾聽廚房的工作人員喃喃說過很詭異的話呢。印象中是……

「啊～肉不夠耶。該怎麼辦呢，這附近的動物幾乎都被獵光了啊。肉……肉……肉……喔！對了，還有那個嘛。我記得上次外出討伐時有帶一些回來……」

他說的「那個」，該不會是蛙人魔或鱷人魔的肉……啊，不對，因為在這個世界，食用魔物的肉是一種常識。可不能以日本人的道德觀點來判斷呢，嗯嗯。

總之，作為食材的肉類已經準備得相當充足了。至於搭配飲料要選擇水或可樂的問題，也一如店長們的預料，多數參賽者都選擇了可樂。

身為問題人物的黑洞少女菈伊以及大胃王團的成員們，看起來也很中意可樂的樣子。所以，第一階段的關卡算是克服了吧。

「阿箱，你今天一整天，都要負責為大胃王比賽提供飲料對不對？」

「歡迎光臨。」

沒錯。我今天會佇立在舞台一角，負責在可樂減少時補貨。因為參加人數超過五十人，除了炸肉塊以外，可樂的消耗量應該也會很驚人。

基於拉蜜絲的提議，比賽用的炸肉塊調味偏重鹹，所以想必會加倍讓參賽者覺得口渴吧。

「那麼，我也要去辦一些手續，所以就先把你放在舞台上嘍。」

「歡迎光臨。」

拉蜜絲安置我的這個位置，雖說是舞台的角落，但還是挺顯眼的。

在這個聚落裡，雖然對我這台自動販賣機感興趣，卻因為害怕而不敢接近的人，其實也不在少數。因此，向大家宣傳我是一台方便又安全的魔法道具，也是這場活動的目的之一——熊會長是這麼說的。

舞台高出地面一階，站在這上頭，便能清楚看到觀眾席和周遭的環境狀況。到現在，負責遮交參加證的工作人員前方，仍有著長長的隊伍。

拉蜜絲在靠近隊伍最尾端的地方，她的前面則是大胃王團的成員。而愚者的奇行團除了莯伊以外，紅白雙胞胎似乎也打算參賽。

在參加者之中，還有沒有其他我認識的人呢？那兩名守門人也會參加啊。在他們後方，則是貨幣兌換商的助手哥凱。他呈現倒三角形的結實上半身，看起來就給人食量很大的感覺。或許能成為冠軍候補之一呢。

在早晨出沒的熟客組，則是已經在觀眾席上坐得穩穩的。將觀眾席大致環顧一次後，我發現到處都能看見經常向我買東西的客人。

不知為何，現在觀眾的視線全都集中在我身上。這些人不是對我投以像是看到珍禽異獸的好奇視線，就是疑惑地想著我怎麼會出現在這裡吧。

在這種令人坐也不是、站也不是的情況下，會場慢慢布置完畢，比賽時使用的桌椅也已經擺放好了。張張的長桌並排在寬廣的舞台上，椅子的數量也有二十張以上。

準備工作結束後，身為活動主持人的旅館看板娘姆納咪站上舞台。她身上仍是那套一如往常的女僕風圍裙打扮耶。這麼說來，我似乎還沒看過她穿上私人便服的模樣。

「讓各位久等了。接下來，清流之湖階層的第一屆大胃王比賽即將展開！」

幾乎座無虛席的觀眾席，傳來熱烈的掌聲和歡呼聲。多數觀眾都和設置在會場附近的路邊攤買了食物，坐在台下準備看好戲。

畢竟，空著肚子觀看大胃王比賽，簡直是一種酷刑嘛。這下子，路邊攤的營收或許也值得期待了。

「因為參加人數遠超過想像，所以我們將參加者分為第一小組和第二小組。兩組的參賽者之中，只有前五名可以晉升最後的總決賽。我們也準備了相當豪華的冠軍獎品，請各位參賽者多多努力嘍。」

「唔喔喔喔喔喔！」

一陣粗野的長嘯從會場一角傳來。參加者的情緒也亢奮到最高點了。

「那麼，現在請第一小組的參賽者入場！」

在陸陸續續上台的一群壯漢之中，大胃王團的四名成員也出現了。沒看到菈伊和拉蜜絲呢，她們被分到第二小組了嗎？舞台上被男人塞滿，形成一片完全無法保養眼睛的光景。

乍看之下，一名身高超過兩公尺、體型也顯得豐腴過頭的男子，感覺應該頗有實力。不過，畢竟我見識過大胃王團的食量，這名男子能不能贏過他們，恐怕很難說。

「比賽時間會以沙漏計時。等到這裡的沙子漏光，比賽便宣告結束。」

跟我所在的位置相對的舞台另一側，放著一個用來代替計時器的巨大沙漏。原來異世界也有沙漏這種東西啊。

裝著堆積如山的炸肉塊的巨大盤子，一一被端到參賽者面前。從分量看來，應該超過兩公斤了吧。

「當然，在限制時間結束前吃完的參賽者，就能夠當場晉升總決賽。那麼，各位都準備好了嗎？大胃王比賽……開始！」

在姆納咪的一聲令下，參加者們同時將冒著熱氣的炸肉塊扔進口中。

「燙～好燙～」

「哈呼……哈呼……哈呼……」

因為是現炸的，咬下去之後，肉汁應該就在口腔中溢出了吧。壯漢們紛紛按住嘴巴忍耐。為了替這股熱度降溫，好幾名男子拿起裝著可樂的啤酒杯猛灌。

至於關鍵的大胃王團……他們將嘴巴往上，試著吹涼口中的食物。動物好像沒辦法吃太燙的食物嘛。要是默默等肉塊放涼，進食速度就會落後其他人了。這麼說對他們有些過意不去，不過，大胃王團的成員拚命吞下肉塊的模樣，真的好療癒喔。

他們猛灌可樂，企圖冷卻肉塊的熱度。用這種吃法的話，可樂裡的碳酸可能會一下子讓肚子變脹耶，要不要緊啊？啊～站在活動企畫者的角度來看，讓大胃王團在這裡落選比較恰當嘛。我總覺得心情好複雜喔。

大胃王團是我的熟客，跟我也莫名有緣，所以，我個人希望他們能繼續努力呢。

店長們想出來的作戰計畫之一「熱騰騰大作戰」，看起來相當成功。參賽者們不斷灌下大量的可樂。店長們則是忙著向我購買新的可樂，以便為他們補充飲料。

我望向沙漏，發現已經有一半的沙子漏光了。應該差不多要出現把肉塊山清空的參賽者了吧。

「吃光了～」

「我也吃完了。」

「我也是～」

「這邊也吃完了。」

大胃王團的成員幾乎同時舉手這麼宣言。他們四個人都過關了啊。但也如同我的預料就是了。一旁的店長們雖然送上喝采，但臉部表情看起來很僵硬呢。

他們內心真正的想法，或許是「讓棘手的傢伙晉升總決賽了啊」才對吧。希望總決賽的食材夠用就好……

「敝人也吃完了。」

喔！哥凱也吃完了嗎？這樣一來，五名能夠晉升總決賽的人選就誕生了呢。比我想的還要快耶。呃，是說，在第一小組中勝出的人類只有一個啊。大胃王團的力量真是可怕。

「雖然比賽時間尚未結束，但能夠晉升總決賽的五名人選已經確定了。其他參賽者可以將尚未食用完畢的食物打包帶走。我們會提供容器。」

以大胃王企畫來說，這樣的服務還挺貼心的。才吃到一半的其他參賽者們，紛紛將剩餘的肉塊裝進容器打包，然後走下舞台。

待第一小組的參賽者全數離場後，工作人員們便開始收拾桌面，為第二場比賽做準備。

「接下來，有請大胃王比賽的第二小組入場！」

不同於第一小組，從舞台旁現身的參賽者們以女性居多。除了關鍵人物莯伊以外，還有拉蜜絲。她活潑地揮著手走上舞台。

雖然體型嬌小，但拉蜜絲的食量意外的大。然而，若是要跟莯伊比，我實在不覺得她有辦法贏呢。另外，還有幾名女性獵人也參賽了。因為我總是待在獵人協會外頭，所以多少能記得進出協會的幾張面孔。

咦，雪莉小姐也有參賽啊？感覺她跟大胃王完全扯不上關係耶。她似乎明白這種活動不適合穿晚禮服參加，所以換上一套看起來比較輕鬆、卻一如往常地暴露的服裝。台下的男性觀眾一陣騷動呢。

讓第二小組以女性參賽者為主，或許是為了讓這場決賽看起來比較養眼吧。因為第一小組還有治癒系的大胃王團在，這樣的隊伍平衡感覺還不賴。

「那麼，第二小組的大胃王比賽開始！」

姆納咪這麼宣言後，參加者們開始大啖炸肉塊。跟前一場比賽一樣，很多人都被現炸肉塊的熱度燙到，然後連忙猛喝可樂。

似乎原本就很喜歡可樂的菈伊，現在則是神色自若地一邊喝可樂、一邊津津有味地吃著炸肉塊。能把食物吃得津津有味的模樣就是她的優點吧。她以手貼著臉頰，以極度幸福的表情豪邁咀嚼著肉塊。

炸肉塊的量慢慢減少了呢。雖然看起來吃得狼吞虎嚥，但仔細觀察的話，可以發現菈伊的下顎和臉頰不斷高速地上下蠕動。她有好好咀嚼呢……是其他參賽者完全不能比擬的超神速啊。

菈伊眼前的肉塊山愈變愈小。跟周遭的參賽者比起來，彷彿只有她的動作被快轉了似的。儘管用這樣的速度進食，她臉上仍維持著讓人看了心情很好的笑容，以及吃得津津有味的表情。進食的時候，菈伊總會露出滿面笑容，看起來真的吃得很幸福，所以我很喜歡看她吃東西的樣子。

「喂喂喂，我知道熊貓人魔以食量大聞名，但那個小妹妹會不會太誇張啦……」

「她真的是人類嗎……」

會場中傳來為菈伊的吃相驚歎不已的討論聲。

「我吃完哩～！」

在沙漏裡的沙子還剩下超過一半時，莯伊便已經清空了眼前的炸肉塊山，還一口氣飲盡啤酒杯裡的可樂。比大胃王團的速度還快呢，真不愧是她。

「我也吃完了。」

緊接著舉起手的第二名，是個身穿套裝、戴著黑框眼鏡的女性——竟然是擔任貨幣兌換商的艾可薇啊。莯伊也好、艾可薇也好，明明體型纖瘦，卻有著驚人的食量，感覺會成為眾多女性嫉妒的對象呢。

之後，又過了好一會兒，第三名晉級者出現了。

「我……我吃完了~好好吃喔。」

勉強吃光炸肉塊的拉蜜絲摸著肚子這麼喊道。剩下的兩個名額，則是被我沒看過的人拿下。或許是最近才來到這個階層的訪客，或是不常接近獵人協會的居民吧。

順帶一提，直到最後，雪莉小姐都以自己的步調優雅地進食著。反正有順利炒熱會場的氣氛，光是這樣，她來參加就很值得了吧。

「那麼，晉升總決賽的選手都已經出爐了！總決賽將在兩小時後開始，還請各位稍待片刻。舞台的打掃工作結束後，將由劇團為我們帶來一段短劇表演。歡迎各位在路邊攤自由購買食物飲料後，回到觀眾席上觀賞。」

還有短劇表演嗎？這個會場的活動安排比我想像的還要正式呢。我沒聽說這個聚落裡有什麼劇團啊……所以，是主辦單位為了這次的大胃王比賽，另外聘請過來的嗎？

「阿箱，我們要離開舞台嘍。不然會妨礙到短劇表演呢。」

「歡迎光臨。」

演員們認真演出的時候，倘若背景有著一台自動販賣機，感覺無論短劇內容為何，都會很突兀呢。就乖乖讓拉蜜絲把我搬下去吧。

「阿箱，你想看短劇表演嗎？」

唔～怎麼辦呢？雖然對短劇有興趣，但我從以前就不太擅長在現場觀看戲劇表演。跟電視節目不同，我總擔心演員會不會在台上失敗。雖然明白是在杞人憂天，但為此而看得提心吊膽的我，老是無法記得內容在演什麼。

小時候，有一次去看兒童取向的戰隊表演時，因為一點意外，我目睹了穿著特殊戲服的人不小心露臉，因而引發一場騷動。我想，這大概就是原因所在。

啊～不過，還是挺在意的呢。在這個休閒娛樂不多的異世界，劇團成員應該都有著精湛的演技，也鮮少失敗吧。或許沒問題呢。

「歡迎光臨。」

「你有興趣是嗎？那我們一起看吧。」

「喔！你們倆都要看短劇表演？那老娘也一起看吧。」

休爾米也來了嗎？我將視線移往聲音傳來的方向，發現她罩著黑色大衣，雙手都捧著路邊攤買來的食物。看到她這麼享受這種慶典的氣氛，真是太好了。

「拉蜜絲，妳要吃點什麼嗎？」

「不行、我不行了。我的肚子超飽，裝不下任何東西呢。」

看來，兩小時後的總決賽，或許無法期待拉蜜絲的戰力了。不過，吃下那麼多炸肉塊，這也是理所當然啦。我反而想稱讚她「妳很努力了」呢。

觀眾席大概已經有七成的座位被占滿。我們選擇還很空的後排座位坐下。因為有我在，若是不挑選靠角落的座位，後面的人的視線就會完全被擋住，所以找座位時得特別注意。去電影院看電影時，要是前方坐了一個高個子，等於是一場悲劇嘛。

異世界的短劇表演啊。不知道有著什麼樣的水準？因為這個世界沒有電視和電影，演員們或許會更奮發磨練演技。不過，也有可能是完全相反的情形——因為人們鮮少有機會觀看戲劇演出，所以就算演員的演技很差，大家也會理所當然地接受。

不管怎麼說，現在就等著好好看一場異世界的戲劇表演吧。

# 冠軍與獎品

短劇表演的準備工作好像結束了。於是，我端正站姿——是說，我一直維持著挺直背脊……或說是機體的模樣，所以應該沒問題吧。

接下來，就是為了避免打擾戲劇演出，而靜靜佇立在原地了。

「喔！這不是阿箱嗎？你在這裡做啥啊？」

「今天就來喝點冰冷的茶吧。」

呃，沒想到兩名守門人會在這時候出現啊。

基於短劇已經開演了，不想製造太大聲響的我，現在就以熟練的物品落下技術，來展現無聲提供商品的能力吧。

將抱在懷裡的嬰兒溫柔放上嬰兒車的慈祥母親——我懷抱著這樣的心情，將商品輕輕在取物口落下。

很好，沒發出什麼噪音呢。所謂有志者事竟成——就算是自動販賣機也不例外啊。

「今天的短劇演的是什麼來著？」

「呃，我記得是……」

咦？卡利歐斯跟戈爾賽也打算坐在這裡觀看戲劇表演啊。

像這樣，以不會打擾到周遭觀眾的音量悄聲交換感想，也是很開心的事呢。我超級歡迎你們這麼做喔。

「從剛才發的節目表看來……短劇名稱是『召喚幸福的農地』。沒聽過這個故事吶。」

召喚幸福的農地是什麼東西啊。我完全無法想像耶。如果連博學多聞的休爾米都不知道，八成是什麼很冷門的故事，或是劇團自創的內容。

我想，應該是農業相關的故事吧。美少女努力耕種，將自己栽培的蔬菜分送出去，帶給眾人幸福……之類的？

就我個人而言，其實我比較喜歡走異世界風的荒誕搞怪動作劇，但如果待會兒上演的是一齣浪漫愛情劇，我就沒有自信能看完了。或許不要太過期待比較好。

「反正，看了就知道嘍。喔！要開始了。」

也是呢。在開始觀看之前盲目揣測也沒有意義啊。就純粹以一名觀眾的身分好好享受吧。

「該怎麼說呢，有好多橋段都出乎意料吶……」

「沒想到這部分的劇情會這樣發展……」

「嗯，真的是能召喚幸福的農地耶。啊，不過，與其說召喚，比較像是幸福自己送上門的感覺……」

觀眾們帶著吃驚的表情熱烈討論感想。

若要問我的意見，老實說，我覺得這完全就是異世界會上演的戲碼呢。這太讚了。沒想到主角竟然不是人類，而是一塊農地啊。整體評價來說，我覺得很有趣，但也是一部很挑觀眾的短劇呢。

因為表演水準也很高，如果這個劇團日後還有其他演出的話，我會想看看呢。

「啊！現在不是發呆的時候啦。拉蜜絲，妳不是得參加總決賽嗎？」

「啊，對喔！我們走吧，阿箱！」

「歡迎光臨。」

說著，拉蜜絲輕鬆將我揹在身後。

「加油啊，拉蜜絲。我支持妳喔。」

「別太勉強了。」

「讓大家見識一下女人的骨氣！」

聽著三人來自後方的聲援，拉蜜絲高舉起拳頭回應。但遺憾的是，因為她揹著一台自動販賣機，所以休爾米等人看不到她這個動作。

迅速將我設置在舞台一角後，拉蜜絲便衝向等待進場的參賽者行列。我知道妳很著急，但可別因為太慌張而摔倒嘍。

「啊啊！對……對不起！」

一陣物品破壞的聲響和慘叫聲傳來。當作沒聽到好了。

舞台上的準備工作完成後，擔任主持人的姆納咪跟著踏上舞台。

總決賽就要開始了。觀眾席上只剩下六成的觀眾，感覺有點少呢。是因為大部分的人在看過前半的決賽後，就已經心滿意足了嗎？

我想試著炒熱氣氛，藉此增加觀眾人數，但要透過什麼樣的方式，才能讓人群聚集？有我能做到的事嗎？希望有派得上用場的功能就好。

我將自己變成等級二後新增的功能瀏覽過一遍，然後發現了一個有趣的功能。透過這個功能，應該就能吸引客潮、讓會場的氣氛更熱絡了。

我從功能清單中選擇〈自動點唱機〉，然後變形。

「那麼，請參賽者入場！」

大部分的觀眾都聚焦在主持人姆納咪身上，似乎無人發現我偷偷改變了外型。

現在，我變得比以往的自動販賣機小台，還有著圓弧形的上半部。裝在機體外圍的兩支塑膠材質螢光燈管不斷散發出黃色的光芒。陳列在體內的，也不是以往的飲料或食品，而是好幾百張唱片。

這種只要投入硬幣，就能點播自己喜歡的歌曲的機器，過去在咖啡廳和酒吧裡很常見。對目前二十至四十幾歲的人來說，設置在保齡球館裡、總是能點播最新曲目的自動點唱機，聽起來或許比較耳熟吧。

順帶一提，這種自動點唱機，可也是自動販賣機的一種喔。雖然可能很多人都沒有這樣的認知就是了。當然，身為自動販賣機狂熱者，只要看到自動點唱機，我必定會過去點個一曲。

看到參賽者們步上舞台，我開始播放那首經常被運動會指定使用的古典樂曲。說到入場時的背景音樂，果然就該放這首呢。

我刻意捨棄最新型的機體，選擇較老舊的點唱機，也是因為它的古典音樂曲目比較豐富。

「咦！這個音樂是打哪兒來的？」

觀眾們似乎以為這也是活動效果的一部分，但姆納咪和其他相關人員則是一頭霧水。儘管如此，姆納咪仍冷靜地繼續主持。她的膽識讓我有點佩服呢。

曾多次負責現場主持工作的她，想必擁有足以處理這種狀況的應變能力。那麼，我就盡全力負責音效工作吧。

「各位，你們High不High啊～！不管最後是哭是笑，今天都將分出勝負。請各位參賽者卯起來大吃一頓吧——！」

不知道是不是背景音樂的效果，姆納咪似乎變得比較亢奮了。既然這樣，我也不能認輸呢。來選一首節奏更快、更能炒熱氣氛的曲子吧。

「總決賽會以限制時間內吃下的食物總量來判斷勝負。但願大家都能超越自己的極限，開啟通往新世界的大門……那麼，總決賽開始！」

在姆納咪這麼宣言的同時，我又更換了背景音樂，以較大音量播放出運動會接力賽或賽跑時常用的某首樂曲。聽到這首曲子，就會讓人精神為之一振呢。參賽者的進食速度似乎也提昇了不少。

雖然我也覺得好像有點煽動過頭了，但一旁還有會使用治癒系魔法或是相關加持能力的人員在，所以應該不至於發生什麼緊急狀況吧。

儘管比賽才剛開始，但一如我所想，黑洞少女莯伊和大胃王團的四名成員，從一開始就瘋狂暴衝呢。拉蜜絲則是少了之前比賽時的氣勢，看起來只是慢慢在享受眼前的食物。

擺放在那五名冠軍候補眼前的炸肉塊，宛如空氣般不斷被吸入他們的口中。能在一秒間讓好幾個肉塊消失的進食畫面，完全是異次元的光景來著。那塊區域簡直已經化為一個小型黑洞了吧。

「唔喔喔喔！加油啊，短髮小妹妹！」

「大胃王團也不能輸喔～！」

台下的觀眾為莯伊和大胃王團送上熱烈聲援。我能理解呢。看到那群人吃東西的樣子，真的會讓人想為他們加油打氣。

雖然明白自己恐怕敵不過這五人，但其他參賽者也不服輸地持續吞下炸肉塊。在這五人清空堆成小山的炸肉塊之後，接著被端上桌的，是巨大到幾乎能包住一個小嬰兒的可麗餅。

總決賽的做法，似乎是先祭出炸肉塊小山，等到參賽者吃完後，後頭還有巨型可麗餅在等著。在大家的肚皮幾乎被撐破時以甜食窮追猛打。這是對精神跟胃袋都能造成很大壓力的安排呢。

順帶一提，可麗餅裡的內餡，是我提供的多到滿出來的蘋果和香蕉。我分別變形成蘋果自動販賣機和香蕉自動販賣機來供應這兩種水果。這是我生前很喜歡購買的商品。

蔬菜自動販賣機中，也有販賣水果的機型，但我希望各位能理解我刻意變形成水果專賣自動販賣機的堅持。

順帶一提，蘋果自動販賣機是我在新大阪車站的二樓發現的。除了將蘋果切塊的功能以外，有些機型甚至還可以指定為蘋果淋上巧克力醬、蜂蜜或焦糖醬，種類和變化都相當豐富。印象中，我也因此買得樂在其中。

目睹巨型可麗餅的瞬間，男性參賽者紛紛露出嫌棄的表情，但女性陣營卻都眼睛一亮。

「唔，素甜食！而且還是看起來超好粗的東西！」

拉蜜絲又迸出方言了。

「也能品嚐到這樣的餐點嗎？」

坐在她身旁的艾可薇，鏡片後方的雙眼好像在發光呢。

女性陣營為何會對甜食做出如此激烈的反應呢？雖說喜歡甜食是女人的天性，但另一方面，也是因為在這個異世界，砂糖和水果相當珍貴的緣故。

能夠以低廉價格提供甜食的這個階層，對喜歡甜食的女性和部分男性而言，似乎可以說是天堂。根據傳聞，最近甚至出現為了甜食，而特地來清流之湖階層找工作的勞工和獵人呢。

拉蜜絲和艾可薇的進食速度很明顯變快了耶。照這樣下去的話，應該可以解決所有炸肉塊吧。

休伊嘴巴四周沾滿鮮奶油，依舊帶著滿面笑容大啖可麗餅。感覺她的氣勢比吃炸肉塊時更猛烈了呢……不愧是有著「黑洞少女」這個盛名的人物。喔喔！只有她進化成三倍速度的模式了呢。

「那個小妹妹真不是蓋的吶。而且還一臉吃得津津有味的樣子。」

「光看她的吃相，連我都覺得餓了吶。我去路邊攤買點吃的來。」

「也順便幫我買吧。我想吃肉類跟甜食！」

在菈伊的影響下，許多客人忍不住又多買了一些食物。看到她吃得那麼開心的表情，食慾理所當然會受到刺激嘛。

喔，現在的狀況是，大胃王團的男性成員剝開可麗餅，先把裡頭的水果挖出來吃。唯一的女性成員絲各則是直接大口咬下可麗餅。

照這樣的情況看來，可能會變成菈伊跟絲各單挑吧。我將視線移往沙漏上，發現已經有七成的沙子漏到下方了。男性陣營幾乎是全滅的狀態。大胃王團裡頭的男性成員跟鮮奶油和可麗餅餅皮奮戰的模樣，看起來也頗痛苦。

啊！拉蜜絲跟艾可薇把炸肉塊吃光了呢。現在，這兩人正一臉幸福地開始咀嚼可麗餅。看起來，她們已經完全不把比賽放在眼裡，純粹當作是在享受正餐後的午茶時光啊。

菈伊跟絲各看起來勢均力敵。如果保持這樣的速度，感覺在比賽時間結束前，她們就能吃光整個巨型可麗餅了呢。

在眾多相關人員的熱切眼神注視下，沙漏的沙子還沒漏光之前，便有人精神奕奕地高舉起握著叉子的手。

「我吃完哩！」

嘴唇四周仍沾著鮮奶油的莯伊，臉上帶著相當滿足的笑容。除了「太精彩了」以外，我找不到其他形容詞。

被收納到莯伊胃袋裡的食物分量，感覺足足有她一半的身體那麼多。這或許就是女性身體構造的奧妙之處吧。深入思考的話可就輸了。

「喔喔喔喔喔喔！小妹妹，幹得好啊！」

「竟然能贏過那個大胃王團嗎！恭喜妳！」

這樣的結果，似乎也讓會場的眾人相當滿足。手上還拿著食物的觀眾，紛紛送上極度熱情的掌聲和喝采。

大胃王比賽的冠軍，就確定是愚者的奇行團的莯伊了。

在熱鬧滾滾的氣氛下，這場比賽順利結束。現在，榮獲前三名的參賽者依序走上頒獎台，從主辦單位的手上接過自己的獎品。

第一名是莯伊，第二名是絲各，第三名則由唯一的男性參賽者哥凱摘下。

哥凱……表現完全不搶眼的他，意外是一匹黑馬呢。

因為變形功能有時間限制，所以，我現在是以平常的自動販賣機的模樣在一旁觀看。

「那麼，我們提供給冠軍的獎品，是能夠一整天自由使用阿箱先生的權利！」

接著，我聽到姆納咪道出這句驚人的發言。

呃？咦，這話是什麼意思？

正當我一頭霧水的時候，姆納咪朝我靠近，壓低嗓音這麼開口：

「之前，關於獎品這部分，你有答應過『只要是自己能做到的事，都會盡力幫忙』對吧？」

雖然很想裝傻表示我沒印象，但回想起來……關於他們的要求，我當下似乎是隨便聽聽，然後就隨便答應了。啊，嗯，我確實說過耶~然而，這時候還是要裝傻！

「太可惜……」

「事到如今，可別說你不知情喔。」

咕，我的發言被姆納咪硬生生打斷了。不過，算了，只有一天的話應該沒關係吧。雖然莯伊食量驚人，但提供商品給她花不了多少錢。

……不對。她可是吃下那堆東西之後，依然一臉若無其事的莯伊耶。要是給她盡情大吃大喝一整天的機會，不知道有多少商品會落入她的胃袋裡頭。

是我判斷錯誤了嗎？雖然有點擔心，但畢竟是已經答應人家的事情。不管食量再怎麼大，胃袋容量總也有個限度嘛。

不需要想得太嚴重。我懷抱著輕鬆的心情，接受了這樣的安排。然而……現在的我，還不知道這個決定，其實會讓未來的自己後悔萬分。

我試著在內心叨唸這種老套的旁白。不過，應該不至於出現什麼問題吧。

「所以，阿箱今天一整天都是我的東西嘍～！」

我是妳的東西了。請溫柔一點喔！

大胃王比賽的隔天，我遵照約定，一整天都將自己出借給菈伊。在這個一大清早，她帶著我造訪的地點——是愚者的奇行團作為據點的帳棚。

對了，在大胃王比賽結束後，餐飲店的店長和相關人員紛紛不停向我道歉呢。之前，一時亢奮過頭的他們，為了讓這場比賽蔚為話題，硬是把我當成獎品之一，所以為此感到相當抱歉。他們原本還表示要支付今天一整天的商品費用，但被我慎重回絕了。畢竟我也有錯啊。是我當初沒仔細聽他們說的話，然後就草率答應。

「好好喔～菈伊簡直讓人羨慕到極點！對吧，阿紅？」

「可以無限吃到飽喝到飽嗎！這樣太狡猾了啦。對吧，阿白？」

紅白雙胞胎以羨慕不以的眼神盯著我和菈伊看。面對這樣的他們，菈伊則是自負地挺起胸膛。

「幹得好，莯伊。既然限期一天，去狩獵魔物似乎也不錯吶。」

「就是說呀，團長。又或者，遇到需要交涉的情況時，我們可以帶著阿箱到現場，用稀有度來讓商談對象——」

「團長、副團長，阿箱今天可是我的東西哩。我不會借給你們喔。」

她完全不打算考慮凱利歐爾團長和菲爾米娜副團長的提議嗎？

「阿箱要跟我一起去初始階層約會哩。」

咦，這樣啊？我第一次聽說這件事耶。是說，初始階層在哪裡啊？

「妳要帶著它去第一階層嗎？那裡是……原來如此。那就沒辦法啦。反正也跟阿箱約好在有空時協助我們了，這次就先放棄吧。」

「嗯嗯。再說，今天可是我獨占它的日子哩。」

「不過啊，莯伊。雖然我覺得不可能，可是，如果妳就這樣帶著阿箱離開，或是把它賣掉換錢，我們愚者的奇行團將會給予制裁。嚴守『絕不背叛同伴』的契約，是這個團的規矩。」

凱利歐爾團長瞇起雙眼，嗓音也帶著幾分恐嚇的味道。仔細一看，其他團員也都變得面無表情，同時以透出冰冷光芒的眸子望向莯伊。

總是給人不太正經的感覺的他們，一瞬間讓現場的氣氛變得緊繃起來。與其說這樣不像他們，應該說，這就是愚者的奇行團的成員真正的模樣吧。

「我知道啦，團長。解決那個笨蛋時，待在現場的人是我啊。我不可能背叛同伴哩。」

眼神同樣變得犀利的菈伊，道出了這句有些嚇人的台詞。儘管看起來是作風輕鬆又悠哉的一支獵人團隊，但他們似乎也有著嚴格的團規。

「也是吶。那麼，妳今天就好好享受吧。最後，也要記得帶點土產回來給我們喔。我很期待吶。」

「那我要很多氣泡的飲料跟燉菜！」

「呃，那麼，我要烤啾嘰麻做的點心，還有又冰又甜的茶！」

「請帶黃色的湯回來給我。」

「我知道了～要是記得的話，我會幫大家買～」

結束炫耀和報告的行程後，菈伊移動到帳棚入口，然後轉身望向我，帶著燦爛的笑容輕輕向我一鞠躬。

「所以，阿箱、拉蜜絲。今天一整天，可以請你們陪我一下嗎？」

「好啊～畢竟我跟阿箱可是一心同體呢！」

「歡迎光臨。」

畢竟我很難自行移動，所以，一定得跟拉蜜絲共同行動才行。

因為不想給她添麻煩，我原本想在機體下方安置車輪，讓菻伊推著我走。但還前進不到五公尺的距離，菻伊就放棄了。

雖說是獵人，但要她一個人推著自動販賣機移動，還是太吃力了，所以我們最後還是決定找拉蜜絲幫忙。如果有長腳的話，我就能自己移動了呢……不過，要是出現一台能用雙腳行走的自動販賣機，這樣的光景不只奇特，甚至還會掀起一場騷動吧。視覺效果太驚悚了。

「我們走嘍～」

就這樣，今天一整天，我都會和菻伊與拉蜜絲一起度過。

我跟著拉蜜絲踏上獵人協會的傳送陣，第二次體驗傳送服務。傳送瞬間產生的漂浮感，總令人聯想到雲霄飛車，我實在無法喜歡呢。

來自腳下的光芒消失後，我們來到一個石造房間裡。看起來跟清流之湖階層的傳送陣所在的場所沒什麼兩樣。

打開大門後，映入眼簾的是室外的風景。看樣子，這似乎是一棟專門用來設置傳送陣的小屋。

外頭是個相當奇特的場所。原本還覺得天色有點昏暗，仔細一看，天空竟然是一整片岩石天花板，完全不見半點陽光透出。而這片天花板的高度，約莫距離地面十公尺左右。

一般來說，在這種情況下，就算整個環境漆黑到伸手不見五指也不足為奇。不過，因為聚落各處都設置著火把，或是能發出光亮的魔法道具，所以能見度也很高。

我稍微環顧周遭，發現這裡有不少木造或石造房屋並排，路上穿梭往來的人也很多。人口密度感覺稍微超過清流之湖階層的樣子。

「我好久沒到初始階層來了～真懷念呢。」

「我倒是經常來這裡哩。」

相較於有些靜不下心的拉蜜絲，菈伊臉上掛著溫柔的笑容。跟平常那個對食物以外的事物毫無興趣的她相比，簡直判若兩人。

似乎早已決定好目的地的菈伊，毫不遲疑地在主要通路上快速前進。拉蜜絲則是緊跟在後，同時東張西望地眺望這裡的街景。

觀察過這一帶之後，我大概明白了。這裡的居民是在一個極巨大的洞窟裡建造房屋，硬是打造出一個聚落的感覺。就好像在迷宮裡勉強形成的聚落……不，應該說這才是迷宮裡的聚落應有的模樣才對。

是清流之湖階層和迷宮階層的情況比較特殊。照理說，位於地底的迷宮，原本就應該是個被岩石天花板或牆壁籠罩的空間。因為是地底迷宮，陽光照不進來也理所當然。逐漸習慣清流之湖階層的環境後，我的常識也跟著瓦解了。

「莯伊，妳要去哪裡呢？」

「這後方有一個窮人聚集的場所。那就是我要去的地方哩。」

這麼簡短說明後，莯伊沒有再開口，只是默默往前走著。

窮人聚集的場所啊……是類似貧民窟那樣的地方嗎？按照常理判斷的話，這種地方的治安應該都很糟糕。雖然不覺得莯伊會擺我們一道，但保險起見，我還是提高警覺吧。至少得避免拉蜜絲受傷才行。

傳送陣的附近有很多堅固美觀的建築物，但走到這一帶，就只剩下蓬門蓽戶，或是看起來跟廢墟沒兩樣的房屋，讓來訪者遲疑該不該踏進去。

若是拉蜜絲用她的怪力輕輕一捶，感覺這裡的建築物全都會化為一片殘磚敗瓦呢。

「好啦～我們到哩。」

莯伊這麼說，然後轉身望向我們。出現在她後方的，是一棟年久失修的建築物廢墟。圍繞著這棟平房的石牆，有一半以上已經坍方崩毀。乍看之下，似乎是長年無人居住的荒廢房舍，但可以發現四處都有著修補過的痕跡。

而且，院子裡也不見叢生的雜草。很明顯有經過人為打理。

「大家～我回來哩～～～～！」

莯伊對著平房這麼大喊後，雙開式的大門隨即被人猛力打開，一群孩童從裡頭爭先恐後地湧出。他們的年紀……最小的看起來兩歲、最大的看起來大概超過十歲吧。感覺應該有十來個人。

「啊！果然是菈伊姊姊！」

「歡迎回來～有禮物嗎！」

「姊姊，陪我玩、陪我玩！」

這群孩子一瞬間將菈伊團團包圍，還不停拉扯她的衣角。所有孩子臉上都帶著笑容，一眼就能看出他們相當仰慕菈伊。

「我回來哩。看到你們都很有精神，姊姊也很開心喔。但我們晚點再一起玩吧。院長呢？」

「院長在打掃！院長——！菈伊姊姊回來了～！」

「好好好，我都有聽到喔。歡迎回來，菈伊。」

比孩子們晚了一點現身的，是一名體型瘦弱的女性。從嘴唇附近和眼角的皺紋看來，年齡大概落在五十幾歲左右吧。臉上浮現的柔和微笑，充分讓人感受到她親切良善的為人。看到向自己跑來的孩子，她愛憐地伸手摸了摸他們的頭。

這位院長頭上綁著白色頭巾，身上穿著一襲深藍色的寬鬆長袍。看起來很像修女的打扮。

「我回來哩，院長。」

「嗯，歡迎回來，菈伊。後面那位揹著行李的人，是妳的朋友嗎？」

「嗯，差不多。是我工作上的伙伴喔。」

「哎呀，原來是這樣。非常歡迎妳來。別站在這裡，進來坐坐吧。」

「好的～那我打擾……阿箱，你一起進來有沒有關係呀？」

啊～因為裡頭的地板也很老舊了，感覺可能會被我的重量壓壞呢。保險起見，還是把我設置在外頭比較理想。

「太可惜了。」

「我想也是。那我就把你放在門口嘍。呃，院長，請妳稍等一下喔。孩子們都過來吧～」

將我安置好之後，拉蜜絲朝孩子們招了招手。孩子們原本還有些困惑，但在看到萩伊也一起招手後，便放心地衝向我身邊。

理解了兩人的用意後，我隨即將合適的商品上架。

「各位，這是一個魔法箱子哩！如果看到玻璃板後面有自己想要的東西，就伸手按壓下方這塊突起吧。姊姊跟別人約好了，今天整天都能自由使用這個魔法箱子，所以你們不用客氣哩！」

「這個圓圓的是什麼？」

「這是飲料，裡面是甜甜的果汁哩。姊姊喜歡這個有很多氣泡的黑色飲料哩。」

「這個呢？這個呢？」

「這是一種零食。雖然有點鹹，但很好吃喔～」

和孩子們打成一片，親切地針對商品一一說明的萩伊。以及興奮地從取物口拿出商品，然後開心喧鬧的孩子們。看到這樣的他們，身為一台自動販賣機，不是只能全力大放送了嗎？

確認所有人都拿到飲料、零食或食物後，我開始變形成機體中央掛著五顏六色、尚未充氣的氣球，同時以黃色為主要底色的機體。要取悅孩子們，果然只有這招了吧。

「咦，什麼什麼？這是什麼？」

喔，孩子們全都圍過來看了呢。同時，我開始為氣球灌氣，讓它膨脹起來。目睹這一幕的孩子們嚇得往後退，但還是敵不過自身的好奇心。現在，躲在拉蜜絲或菈伊身後的他們，正以熱切的視線目不轉睛地盯著氣球。

等到我替灌完氣的氣球綁上繩子後，拉蜜絲將它們取出，依序發放給每個孩子。看到氣球輕飄飄地浮在空中，孩子們開心地拉著繩子到處跑。

之前，目擊到我靠氣球浮在半空中的光景後，拉蜜絲和大胃王團紛紛表示他們也想要一個。拿到我提供的氣球後，他們開心得不得了呢。現在，孩子們的反應也一如我的預料。

院長和菈伊帶著笑容在一旁看著孩子玩耍。我已經完全掌握到小孩子的喜好了。感覺今天一整天都得和這些孩子共同度過。不過，就讓我充分發揮自動販賣機的功能，跟他們一起享受這段時光吧。

這樣的一天感覺也不賴呢。

# 孤兒院與自動販賣機

拉蜜絲和莯伊混入嬉鬧的孩群之中，跟他們一起玩耍。拉蜜絲的個性原本就比較天真活潑，所以跟小孩也很處得來。不消幾分鐘，就馬上跟他們混熟了。

現在，孩子們正忙著躲開變成〈高壓清洗機〉的我噴出的水柱。因為我將水柱的威力調得很弱，所以不會有危險性。但考量到突發狀況，我還是選擇將操作的任務交給拉蜜絲負責。

玩得筋疲力盡之後，孩子們原本打算以落湯雞的狀態返回屋內，但看到站在門口的院長雙手抱胸，臉上還帶著極具威嚴的笑容後，他們全都僵在原地。

「各位，你們全身濕透又沾滿泥巴，是想上哪裡去呢？」

「院……院長……」

「在這裡把髒衣服脫下來，丟到籃子裡面，然後統統去洗澡。」

「好……好～」

孩子們垂頭喪氣地開始在門口脫衣服。拉蜜絲和莯伊也跟進……喂喂喂，雖說周遭沒有其他人，但這裡還是戶外耶。年輕女孩怎麼可以做出這麼害臊的行為——原本想這麼忠告，但似乎是我多慮了。她們只脫了鞋襪而已。

那麼，就提供浴巾給大家吧。

「謝謝你，阿箱。菈伊，妳也拿一條吧。」

「阿箱好體貼喔～如果你是人類，一定超受女孩子歡迎哩！」

「他現在就很有人氣了啊。」

面對大力誇讚我的兩人，為了掩飾害羞的反應，我變形成〈投幣式全自動洗脫烘洗衣機〉。被誇獎雖然讓人很開心，但如果對方是直接當著自己的面這麼說，就會有種坐立不安的微妙感覺。

「啊，你現在變成可以洗東西的機器了對吧？那我把你搬進室內嘍。」

拉蜜絲將我抱起，然後放在玄關的一角，再把大家剛脫下來的髒衣服和內衣褲塞進我的洗衣槽，開始進行清洗衣物的作業。

「這究竟是……」

「阿箱是個能變成多種不同外型的神奇魔法道具哩。很厲害吧？」

看到菈伊像是在自吹自擂般挺起胸膛的模樣，拉蜜絲也在一旁煞有其事地重重點頭。孩子們則是睜著閃閃發亮的雙眼，緊盯著洗衣槽內的衣物不斷翻滾的光景。

「哎呀，雖然不太了解，但真的好厲害喲。最近的魔法道具還真方便呢。」

院長此刻的感想，就好像身為機械白痴的一名母親，看到最新型電器產品的反應。雖然不明白原理，但至少知道是很厲害的東西。呃，但厲害的不是我，是日本優秀的科學技術才對啦。

「衣服馬上就會洗好哩，大家先去洗個澡吧。要是不快點去的話，被我抓到的人，可要過來給我舔舔嘍～～」

「哇啊啊啊啊！」

伸出舌頭上下晃動的莯伊，開始追趕還沒去洗澡的孩子們。雖然孩子們一邊尖叫一邊倉皇逃跑，但看起來挺開心的。

倘若莯伊是個男人，這可就是不折不扣的犯罪行為了。不對，就算是女性，但做出會讓孩子嫌棄的行動，也很糟糕呢。

「既然也要清洗內衣褲，那我把阿箱搬到浴室附近好了。」

「歡迎光臨。」

說得也是。只要給我十分鐘，我就能把所有的衣服洗淨烘乾，所以洗衣這項工作，應該在孩子們洗完澡之前就能結束了。

「啊，但這個重量會不會把地板壓壞啊？」

「既然這樣，能請妳從後門繞到浴室後方嗎？那裡還有另一個出口。」

「那我就從外頭繞一圈嘍。」

拉蜜絲揹起我，沿著外牆走了一段路之後，眼前出現了一扇門。那就是另一個出口嗎？

將我放置在靠牆處之後，拉蜜絲悄悄打開門。門的另一頭，是和浴室相通的更衣室，裡頭擠滿了半裸和全裸的孩子。

不過，有辦法讓這麼多人一起泡澡嗎？這樣的話，裡頭的浴缸想必很大一個嘍。

「好啦好啦，別亂動。那麼，大家一起來幫彼此洗澡哩～」

一絲不掛的菻伊抱起較年幼的孩子走進浴室。蓄著一頭短髮，比起女人味，總會讓人先聯想到食量的菻伊，果然也是一名女性呢——我湧現了這般奇妙的感想。

「啊～浴缸裡面沒有熱水！」

「哎呀呀，今天負責燒熱水的人是誰呢？」

來到更衣室的院長歪過頭，以手指抵著自己的臉頰。孩子們面面相覷了片刻後，兩名小女孩舉起手走到前方。

「對……對不起。我們顧著跟菻伊姊姊玩，然後就忘記了。」

看到兩名女童縮起身子，院長伸出手輕撫她們的頭。小女孩們身子一震，抬起原本低垂的頭，迎上院長的視線。

「忘記自己分內的工作雖然不對，但謝謝妳們願意老實承認。無論是誰，都會有失敗的時候。重要的是，不能隱瞞或含糊帶過自己的失敗，而是要大方承認，並懂得反省。」

在這個時代，很多父母發現孩子犯錯時，都是先痛罵一頓再說。像這樣好好跟孩子講道理，雖然是很理所當然的教育方式，但實行起來或許很困難吧。

在我的親戚和朋友之中，也有人會對孩子咆哮怒吼，程度甚至激烈到讓旁人看了於心不忍。我不止一次出聲勸阻過他們這樣的行為。比起從不對孩子發怒、完全採放任教育的父母，他們雖然還好一點，可是，做得太過頭的話……呃，根本不懂教養孩子有多辛苦的單身男子，也沒什麼資格大放厥詞嘛。

「不過，這樣就傷腦筋了。如果現在才開始燒柴放水，又得等上好一段時間。看來今天只能放棄洗澡了。」

因為玩水而導致體溫下降的現在，若是沒辦法洗個熱水澡，我擔心這些孩子會感冒耶。能不能替他們做點什麼呢？功能清單裡有什麼好東西嗎？

「啊，阿箱，衣服洗好了是嗎？那我拿出來嘍。」

洗衣烘乾的作業似乎已經結束了。趁拉蜜絲把洗乾淨的衣物拿出來的這段時間，我決定瀏覽一下功能清單。

不是跟沐浴相關的功能呢。呃，因為將洗澡水燒熱需要時間，有熱水的話……啊！對了，那個應該可行喔。

確認拉蜜絲已經將衣物全數取出後，我開始了今天第三次的變形——變成〈溫泉自動販賣機〉。

一如這樣的名稱，我現在是能夠自動販售溫泉的機器。四角柱的機體上，有著毛筆字樣的「溫泉自動販賣機」幾個大字。側面則延伸出一條水管，每投入一百圓，就會持續提供溫泉兩分鐘的時間。

在日本的溫泉區，偶爾可以看見這樣的自動販賣機。我也曾用這種方式購買過溫泉，但帶回家後就會冷掉，必須重新加熱。

「你又變成我沒看過的樣子了耶，阿箱。你到底有幾種模樣呀？」

有幾種呢？我也不曾好好數過耶。光是我至今變形過的機型，大概就有將近二十種了吧。

「呃，這個很長的是……從過去的經驗來看，應該是這個管子會跑出什麼東西來吧。然後現在的狀況……我知道了！」

這陣子，負責判斷我的新功能使用方式的人，多半都是休爾米。不過，拉蜜絲的理解力果然也很強呢。

休爾米會從當下的狀況和我的外型來推測能力為何，拉蜜絲則像是能夠看穿我內心的想法，判斷「阿箱應該會想這麼做」而下結論。

儘管只是一台自動販賣機，她卻願意以如此認真的態度面對我。這樣的拉蜜絲，我真的再怎麼感謝都不夠。

她拉開浴室的拉門，將水管放進浴缸裡，接著又轉頭望向我眨了眨眼。這是已經ＯＫ的意思吧。那麼，我要一口氣開始放水嘍。

大量的溫泉從水管口湧出。或許跟我提昇了敏捷度也有關吧，浴缸一下子就注滿了溫泉。

「嗚哇，好厲害！」

「是熱水、是熱水耶！」

「跳進去吧～」

「喂喂喂，要先把身體洗乾淨才可以哩！」

孩子們的歡聲和茯伊的制止聲在浴室裡不斷迴盪。結束提供熱騰騰洗澡水的任務後，我再次變回洗衣機，開始清洗第二批骯髒衣物。

拉蜜絲也將身上的衣物脫個精光，跑進浴室一起跟孩子們洗澡了。

「你叫阿箱先生是嗎？今天，你在各方面都幫了我們很多忙，真的非常感謝。」

回過神來的時候，我發現院長站在我的身旁。

雖然不確定她對我這個存在，究竟有何種程度的理解，但現在，面對一台自動販賣機，院長深深低頭一鞠躬。

「歡迎光臨。」

「呃……我記得這句話是肯定的意思？荼伊最近似乎有些煩惱，所以我原本還很擔心，但看到今天的她，我鬆了一口氣呢。那孩子以後也拜託你了。」

願意向一台自動販賣機誠懇道謝，還拜託它事情的院長，真的很偉大耶。看到她這樣的說話態度，反而讓我覺得相當過意不去，甚至想縮起身子。

不過，有這麼溫暖的歸處，荼伊究竟還想許什麼願望呢？要讓這間孤兒院維持運作，想必需要一大筆錢，所以她的目標果然是金錢嗎？唔～追究這種問題，似乎有點失禮呢。

衣服和身體都洗乾淨之後，就輪到我提供晚餐了。因為想讓這些孩子嚐嚐沒吃過的東西，我選擇提供冷凍食品套餐和泡麵。一方面，我又有點在意營養均衡的問題，所以又以水果和可麗餅作為飯後甜點。

因為擔心餐廳和室內地板的堅硬度，我將孤兒院玄關旁邊的地點作為自己的既定位置。畢竟被設置在地板上頭實在太心驚膽跳了。

原本想趁孩子們吃晚餐時，獨自在這裡享受悠閒時光，但孩子們表示「讓阿箱一個人待在外面太寂寞了」，紛紛把椅子搬到外頭來，最後大家一起坐在院子裡進餐。

這間孤兒院附近的建築物多半都是空屋，就算大聲喧鬧也不會有人抗議。口中塞滿食物的孩子們，接二連三地開心嚷嚷著「好吃、好好吃」。

「大家安靜下來慢慢吃。食物可不會跑掉哩。」

莯伊忙碌地照顧每個孩子。她是個好姊姊呢。明明食量那麼大，卻延後自己的用餐時間，把照顧這些孩子視為最優先要務。

孩子們身上的服裝都相當樸素……不對，這麼說太美化了。他們穿著很簡陋的衣物，沒有半個人是胖嘟嘟的體型。話雖如此，但也沒有瘦弱到看似營養不良的孩子，所以他們應該都有好好吃三餐才是。

之後，再提供一些內衣褲、T恤或浴巾類的商品給他們吧。

雖然我也可以捐獻一點錢，但他們願意拿一台自動販賣機捐出來的錢嗎？遇到這種情況時，我總無法拿捏自己應該涉入到什麼程度。若是擁有正常的對話能力，或許，我就可以在不讓對方反感的狀態下提供援助了。

為了累積點數，我成天都在思考該如何賺錢的問題，然而，看到這些即使貧窮仍過得很開心的孩子後，我不禁覺得自己是個汙穢的存在。

「你的燈一直在閃爍耶，該不會是在思考什麼奇怪的事情吧？你就是你喔，阿箱。因為你有這樣的能力，現在才能免費提供食物和飲料給大家，讓他們展露笑容。所以，你可以更有自信一點喔。」

不知何時來到我的身旁的拉蜜絲，道出像是看穿我內心想法的這句話，然後對我露出笑容。

她真的很厲害耶。能夠明白我這台不會說話的自動販賣機的想法，甚至會顧慮我的感受。能被她撿到真的是太好了。

說得也是呢，嗯。我就是我啊。雖然不打算停止以累積點數為目的的商業行為，但以後，在行動之前，先多思考一下周遭的狀況好了。

而現在，就好好享受這段時光，專注在如何讓這些孩子開心的問題上吧。

# 在初始階層度過的夜晚

吃完晚餐後，飽到肚皮快要撐破的孩子們，似乎都乖乖上床就寢了。這裡是看不見天空的洞穴內部，白天和夜晚的區別也比較曖昧，但現在似乎已經入夜了。

在這裡生活的話，感覺生理時鐘會被打亂呢。

既然是晚上，其實我可以進入省電模式了。但因為不會對周遭的亮度造成太多影響，繼續維持這樣應該也沒問題吧。

改建成孤兒院的這棟建築物，窗戶目前還微微透出光亮，所以院長和拉蜜絲她們或許還醒著吧。

「阿箱，今天辛苦你哩。看到大家那麼開心，真是太感激哩。」

莯伊在我身旁盤腿坐下，左右搖晃上半身，她似乎用整個身體來表現自己很開心的感覺。能看到她這麼坦率地表達開心的情緒，身為一台自動販賣機的我，也覺得不枉此生了。

莯伊的臉頰有點紅。大概是因為剛才大口灌下餐桌上的雞尾酒的緣故吧。她似乎以為那只是果汁，所以就喝了不少呢。

「你今天提供的商品總價應該不少吧？我之後一定會還清，請你暫時等一下哩。」

「太可惜了。」

「咦！你不願意等嗎？」

呃，不是。我想告訴莯伊「不需要支付這筆費用」，但這種細微的語感差異，實在很難正確傳達出去耶。現在能跟我順暢對話的人，大概只有拉蜜絲和休爾米而已。

更何況，就算要請款，我的對象也應該是那些餐飲店店長。以冠軍身分爭取到我這個獎品的莯伊，沒有必要付半毛錢才對。

「太可惜了。謝謝惠顧。」

「呃……難道你的意思是我不用付錢嗎？」

「歡迎光臨。」

傳達出去了嗎？為了感謝她理解我的意思，我落下一瓶可樂作為禮物。

我在取物口落下莯伊喜歡的兩公升瓶裝可樂。對食量驚人的她而言，今天晚餐的量並不多，所以想必吃不夠吧。再加上，她還把自己那份餐點分給其他孩子吃，現在，她的胃袋一定還很空才對。

「啊，是泡泡飲料！我剛好還有點餓呢，真是幫了大忙哩！」

莯伊扭開瓶蓋，豪爽地直接將瓶口湊近嘴邊，仰頭大口喝下。那是碳酸飲料呢，這樣猛灌的話……

「咕哈～～嗝～～～～噗！」

她響亮的打嗝聲在夜空中迴盪。或許是有點難為情吧，莯伊頂著紅通通的臉垂下頭。

這種時候為了緩和氣氛，應該要說些什麼比較好呢。好，我決定了。

「如果中獎就能再來一瓶！」

結果她的臉更紅了。看來，我似乎選錯台詞了。

「對……對了。你知道嗎？這個初始階層，是踏入地下迷宮的人必定會造訪的場所哩。」

哦～這樣啊。聽他們說是第一階層，所以我以為是迷宮的一樓呢。

「太可惜了。」

「必須先踏進這個階層，抵達位於階層深處的傳送陣之後，才能移動到其他階層哩。但這也代表，連初始階層都無法闖關成功的人，就沒有資格到其他階層去哩。」

原來如此。我有聽說任何人都可以透過傳送陣，在各個階層自由遊走一事。但只有這關不過不行嗎？咦？意思是，旅館的職員跟商人們，也都征服過初始階層這道關卡了嗎？

是不是有獵人以擔任保鏢、順便協助僱主突破初始階層的工作維生呢？

「不過，只要一度抵達深處的傳送陣，之後，想移動到哪個階層都沒問題哩。」

這樣的話，就算回到地表世界，也不用再次攻略第一階層，就能自由前往其他階層了嗎？連這一點都顧慮到了啊。我愈來愈不懂這個地下迷宮的設計了。

「然後啊，這裡的聚落，住著很多因為某些理由，而無法抵達第一階層傳送陣的人哩。也有人是因為生了孩子，所以無法離開這個階層。像這樣，在對外頭的世界一無所知的情況下出生，又被父母視為累贅而丟棄的孩子……就會聚集在這個地方。」

待在這間孤兒院裡的孩子，都對迷宮外的世界一無所知嗎？除此之外，如果不曾從這個階層移動到其他地方，那他們就是在從未見識過天空、感受過天氣變化或室外空氣的狀態下長大。唔唔～這感覺對孩子的成長不太好耶。

陽光以及迎面吹撫的風——在孩提時代，應該多少要體驗過一次世界豐富的自然變化比較好吧。

「我的願望，是讓孤兒院的大家得到幸福——呃，傷腦筋，我今天好像有點多話。忘了我剛才那句話吧。我要去睡哩！晚安！」

菋伊用力揮動雙手，踏著有些搖晃的腳步，消失在大門的另一頭。因為酒精作祟，我聽到了不少內幕呢。

世上有著各式各樣的人，也因此有各式各樣的煩惱存在。雖然這是理所當然的事情，但身為一台自動販賣機的我，最近都只想著做生意和點數的問題。

不對，身為一台自動販賣機，這是正確的態度，只是很難拿捏程度而已。要是以低廉的價格，甚至免費提供商品的話，就會反過來給餐飲店的店長們造成困擾，而我也無法獲得點數。我得對「經商」和「義賣」兩者之間的差異更有自覺才行。

◆

「喂，就是這裡嗎……」

「是，大哥。我聽說這裡有個相當罕見的魔法道具。」

遠處傳來一聽就知道是不良分子的男人們的聲音。在現身的同時，還附帶能讓人馬上了解他們的目的的發言，還真是服務周到啊。

雖說這個地方人跡罕至，但在治安實在算不上好，我們似乎有些嬉鬧過頭了。應該要更謹慎行事才對。

是久違想對我下手的客人啊。這陣子，我都沒遇上這類心懷邪念的人，對於他們會採取什麼樣的行動，其實我還滿感興趣的。趁對方還沒來到我跟前，先把機體的燈關掉，再把機體塗裝變更成能融入夜色的暗色系吧。

「你說可以免費拿到無限量的食物，是真的沒錯吧？」

「是。我的其中一名部下說他親眼見證過這件事。」

我定睛注視緩緩朝這裡靠近的人影，是四名體格看起來如摔角選手般壯碩的男子。他們甚至連用來搬運我的手推車都準備好了。

在清流之湖階層，我算是眾所皆知的存在，但在這個階層可就是個無名小卒了。會被盯上也很正常。

那幾個壯漢合力的話，應該也搬得動我。好啦，現在該怎麼做呢？如果提高音量說話，讓拉蜜絲等人驚醒的話，他們想必馬上會逃走吧。然而，這麼做的話，也可能讓拉蜜絲等人陷入危險之中。現在，我就設法獨力解決吧。從我現有的功能裡頭挑選幾個能派上用場的好了。

這個……跟這個……這個也可行呢。除了〈結界〉以外，我的堅硬度也提昇了。若非大陣仗的行動，我應該不至於再像之前那樣被綁架。

首先，我變形成〈乾冰自動販賣機〉，在地面灑落大量的乾冰。接著再變形成〈高壓清洗機〉在四周灑水。接觸到水之後，乾冰開始在地面釋放出裊裊白煙。

接著，我又變形成〈自動點唱機〉，開始播放音樂。

「喂，怎麼覺得今天腳下特別冷啊？」

「是不是有什麼聲音……？」

「好像是奇特的音樂……」

播放出恐怖片愛用的背景音樂後，壯漢們開始慌張地左顧右盼。有這個聚落的昏暗環境加持，我塑造出來的詭異氣氛可說相當完美。

接下來要怎麼做？噴灑煤油再引燃好像有點過火。如果只是想讓他們知難而退的話，怎樣的方法才是最恰當的呢？

對方是為了綁架我——或說是偷東西而來，所以身上都沒有攜帶照明器具。就算雙眼已經習慣黑暗，他們應該也看不清自己四周的環境。這樣的話，嚇唬一下或許就可以了。

於是，我變形成〈投幣式全自動洗脫烘洗衣機〉，在洗衣門敞開的狀態下注水，並開始轉動洗衣槽。

「老大，您有沒有聽到水聲和呼嘯而過的風聲？」

「這附近沒有河川或湧泉啊。現在也沒半點風，是你的錯覺啦。」

再來，我就用〈結界〉把洗衣槽裡頭的水彈出去給他們吧。

「噗哇啊啊！什麼，怎麼搞的！」

「是……是水？從……從哪裡噴過來的啊！」

「中大獎了！」

他們慌張到看起來很滑稽的程度呢。啊，我開始覺得有點好玩了。接下來就用這招吧。

我變形成〈雞蛋自動販賣機〉，讓機體變成類似玻璃製物櫃的外型，再把玻璃門全數敞開，然後透過〈結界〉同時把所有雞蛋發射出去。

這種自動販賣機，是以將十個雞蛋裝在一個網袋裡的方式提供。我同時噴射出二十袋以上的雞蛋後，有幾袋成功命中了這些壯漢。

這樣浪費食物，感覺會受到譴責呢。但我也是為了和平解決問題，所以，就請睜一隻眼閉一隻眼吧。

「好痛！這什麼東西啊，黏糊糊的耶！」

「老……老大，我……我們回去吧！感覺有人盯上我們了吶！」

「可惡，開什麼玩笑啊！喂，今天先回去了！」

他們似乎願意撤退了呢。就用《螢之光》這首曲子送他們離開吧。

從這幫人的態度看來，他們似乎還沒受到教訓，很有可能會再次出現耶。若是最後沒找到我，他們或許會在孤兒院裡大鬧。明早和拉蜜絲碰頭時再來商討對策好了。

城鎮裡的燈光亮度逐漸增強，整個初始階層也變得比較明亮一些。現在或許是這裡的早晨吧。

院子地上的乾冰，以及砸碎的蛋殼和蛋液，全都消失得清潔溜溜。這樣一來，孤兒院裡的孩子就不會知道昨晚發生過什麼事了。

「早安，阿箱。」

「早安哩。」

從一大早就活力十足的雙人組出現了。有不少相似之處的拉蜜絲和莯伊，透過昨天一整天的相處，發覺自己跟對方很合拍，也因此變得親暱起來。

拉蜜絲認識的獵人並不多，看她結交到年紀相仿的同性友人，讓我有種鬆了一口氣的感覺。對方是愚者的奇行團的成員之一這點，儘管讓我有些許不安，但莯伊本人是個善良的女孩子，所以我對她並沒有太多戒心。

「你們都好早起喲。大家早安。」

從她們身後出現的院長，帶著一如往常的柔和表情向我們打招呼。

「謝謝惠顧。」

過去，我總以「歡迎光臨」來取代早安的問候。但後來覺得以「謝謝惠顧」回應似乎比較正確，就稍微變更了一下。

啊，對了。趁著孩子們還沒起床的現在，趕快把昨晚發生的事告訴她們吧。

「咦？陳列商品的地方變成一塊板子了。這是你之前用來讓我們看地圖的那個東西嗎？」

正確答案，拉蜜絲。這個〈液晶螢幕〉也是我的功能之一。用它來播放昨晚拍攝到的畫面，應該就能引起她們的注意了。

開始播放那些小混混從現身到被我嚇跑的影片後，三人都深感興趣地專注看著。

「原來昨晚還發生過這種事啊。這些傢伙，好像是在這附近成立了據點的前獵人哩。」

「似乎是這樣呢。辭去獵人一職，淪為犯罪者的一群壞孩子。竟然還對我們孤兒院的訪客出手……」

院長和菈伊都認得這幫人嗎？我原本想把這段影片當成證據，交給階層守衛或獵人協會，讓他們負責逮捕犯人，但畢竟他們是未遂犯呢。我沒能讓他們得逞，所以企圖綁架我一事，就變成他們嘴上的空談而已。

想讓這幫人落入法網，或許有點勉強。

「菈伊，我要出門一下。能麻煩妳暫時照顧孩子們嗎？」

「是可以啦，不過……院長，難道妳……」

咦？菈伊的表情看起來很僵硬，還有冷汗從她的額頭滑落耶。這麼開口後，院長返回孤兒院內部，又隨即走了出來。現在，她手持一副巨大的弓，背後還揹著弓箭筒。

「那麼，我馬上回來。」

院長向我們輕輕一鞠躬，接著就離開了。呃，因為她的一連串行動相當自然，我沒來得及出聲制止，難道院長企圖用武力制裁那群小混混嗎？

咦，這太危險了吧。這可不是一名年近六十歲的女性能獨自做些什麼的狀況吧。得動身阻止她才行。

「啊～我好久沒看到院長像這樣真正動怒哩。啊，你們好像很擔心的樣子？不要緊，院長可是指導我使用弓箭的師傅，以前還是個身手了得的獵人哩。她的實力非常高強，聽說以前甚至曾經跟熊會長在迷宮裡大鬧一番哩。直到現在，院長都還是讓我們團長脫帽致敬的人物。要不是這樣，怎麼有辦法在治安這麼糟糕的地方經營一間孤兒院呢？而且，她也有熊會長這種掌權者的人脈。」

這……這樣啊。從院長一雙纖細的手臂，以及她散發出來的氛圍，我完全想像不到。不過，看到莯伊這麼放心、孩子們也都生活得很自在的樣子，她的實力或許完全無須他人擔心。現在就相信院長，然後等她回來吧。

在那之後又過了一小時，孩子們差不多吃完早餐的時候，院長回來了。她看起來和出發時沒什麼兩樣——不對，仔細看的話，可以發現她的衣襬染上了些許回濺的鮮血，弓箭筒裡頭的箭也少了幾支。

「阿箱先生，對方很爽快地答應了我的請求，所以，他們再也不會過來找麻煩了。」

「謝……謝惠顧。」

感覺不是理智，而是本能要求我馬上向她道謝。儘管院長現在臉上也掛著滿溢慈愛的笑容，但不同於之前，現在的笑容讓我感受到一股魄力，恐怕也無可奈何。

總……總之，跟那幫人之間的糾紛能順利解決就好。作為回禮，就留下一星期份的食物和飲料給大家吧。

我隨即判斷院長是個必須極力避免與她為敵的存在。菻伊將來也會變得像她一樣厲害嗎？

雖然菻伊同樣是一名優秀的弓箭手，但院長那種魄力，我覺得她可能一輩子都學不來呢。從她總是開心吃飯的那副模樣，實在很難想像。

「嗯？好像有人在盯著我看哩。」

或許是察覺到我的視線了吧，菻伊露出有些反感的表情聳聳肩。看著這樣的她，我輕輕道出一句「太可惜了」。

# 胃袋的盡頭

持續觀察在大胃王比賽中稱霸的莯伊後，我發現一件令人在意的事。

每當看到她面帶笑容、開心地吃著如山積的大量食物時，站在商品提供者的立場，這讓我覺得相當感激，然而，她的胃袋——真的有容量上限嗎？

在那場比賽中，她輕鬆吞下了五公斤以上的炸肉塊、五瓶瓶裝可樂，以及超級巨大的可麗餅。

莯伊的體型，在女性之中算是嬌小的，在進食完畢後，我也曾看過她的肚子變得圓鼓鼓的樣子。看來，她的食道下方並非通往異次元。

還在日本生活時，我也在電視上看過女性大胃王藝人吃東西的節目。那個人吃下肚的分量也相當令人難以置信。所以，就算世上有這樣的人存在，或許也不奇怪吧。

可是啊～儘管多次提供餐點給莯伊，但我卻從未從她口中聽到「好飽喔，我再也吃不下哩」這類發言。

就算只有一次也好，我愈來愈想聽到她親口說出已經吃飽的宣言了。

「阿箱，讓你免費請我吃東西，這樣真的好嗎？」

「歡迎光臨。」

看到拉蜜絲將我提供的商品陳列在桌上，坐在另一側的莯伊，眼神隨即變得不一樣了。

「可不能在我吃完後才說要收錢喔！」

「歡迎光臨。」

我沒有懷抱這種念頭啦。

今天，我將莯伊找來拉蜜絲和休爾米居住的帳棚裡，準備請她好好吃一頓。

拉蜜絲和休爾米也對莯伊的胃袋容量深感興趣，所以大方答應提供帳棚裡的空間給我們使用。

休爾米停下了手邊的作業，正在仔細觀察這邊的情況。話說回來，之前——

「身為人類，吃下那麼多東西還不會發胖，實在太誇張了。一定有什麼祕密才對。要是能搞清楚她的身體機制，就能拯救很多女性了！」

她說過這種幹勁十足的發言。現在，為了記錄這次的結果，休爾米一手握筆，一手捧著事先製作的表格，做好了萬全的準備。

問題在於該提供哪些食物給莯伊呢。飲料方面，就捨棄可樂改成茶水好了。因為我感興趣的純粹是她能吃下多少東西而已。

首先，是五種不同口味的泡麵，而且還是大碗的。

這種分量的話，一般人吃個兩碗應該就會很滿足了，但莯伊大概能輕鬆清空五碗吧。

注入熱水後，等待三分鐘。莯伊最先品嚐了原味泡麵。

「嗯~這個義大利麵好好吃呢。呼~~因為熱騰騰的，天氣寒冷的時候，如果能在戶外吃到這個，就太棒哩！」

她真的總是會露出非常享受的吃相呢。

如果是普通的大胃王，在吃東西的時候，或許難免表現出一種搶食的猙獰和狼狽感，但莯伊卻不是這樣。她的吃相豪邁卻不鄙俗，還能夠刺激旁觀者的食慾。

在大胃王比賽時，有許多觀眾受到她大剌剌的吃相刺激，路邊攤的生意也因此好得不得了。

因為莯伊還有著一張可愛的臉蛋，如果時空背景換成日本的話，她想必能成為食物廣告爭相邀請代言的藝人吧。

在我思考這些的時候，她已經將五碗泡麵連湯汁一起全數吞下肚了。

「接下來要吃什麼哩？」

莯伊睜著閃閃發光的雙眼，向我要求下一輪餐點。

別說是八分飽了，我懷疑她可能連一分飽都不到耶。

那麼，就以頗受患者的奇行團好評的冷凍食品製造商自動販賣機來一決勝負吧。

這個世界的人都已經相當熟悉的炸雞塊，也是這系列的冷凍食品之一。但除了炸雞塊之外，其實還存在著各式各樣的商品。

炸雞塊、炒麵、烤飯糰、章魚燒、炸薯條、炒飯、熱狗、毛豆、鯛魚燒等等，可說應有盡有。

甜食之後再上。除此以外的鹹食，就先各提供兩份吧。

幫忙從取物口拿出商品時，我發現拉蜜絲一直盯著章魚燒，看似很感興趣的樣子，所以我又另外加熱了一盒給她。

「我也可以吃嗎？謝謝你喔，阿箱。休爾米，我們一起吃吧！」

「喔，老娘正好也餓了吶。太感激啦。」

拉蜜絲和休爾米並肩坐下，一起享用同一盒章魚燒。她們倆的感情依舊很好呢。

「這個沾上醬汁的圓球，裡頭包著……看起來紅紅白白、不知道是什麼的東西，但是好好吃呢。這是什麼啊？」

「吃起來的口感挺有趣吶。」

「啊，我能理解。這個好Q彈，又很好吃哩！」

看來她們對章魚的評價不錯。在國外，有些地區的居民相當厭惡章魚，完全不會將其當成食材。但這個世界的人連魔物都吃，就算看到章魚這種生物的真面目，應該也不會嚇到吧。

啊～不過，跟這個世界的魔物相比，章魚的外觀還是挺奇特的呢。要是讓拉蜜絲等人目睹章魚的全貌，她們也有可能會反彈……或許瞞著她們比較好。

在這片和樂融融的氣氛之下，莯伊又吃光了我提供的冷凍食品。

既然這樣，就依序祭出現在的我所能提供的每一種食物，看哪邊會先舉白旗投降吧！

接下來是罐頭食品系列。首先，是一開始讓我增加了不少收益的關東煮罐頭。還有略顯奇特的筑前煮罐頭、馬鈴薯燉肉罐頭、烤雞串罐頭、咖哩飯罐頭，還有拉麵罐頭……這個就略過好了。畢竟她剛吃過泡麵啊。

順帶一提，我能提供的麵類罐頭，種類其實還挺豐富的。應該有十種以上吧。

另外，我還有幾種不同口味的麵包罐頭。好啦，祭出這堆罐頭的話，就算是莯伊，也能吃得心滿意足了吧。

我自信滿滿地望向莯伊，結果發現罐頭內容物陸陸續續被她清空……我努力按捺住想兌換新的食物功能的衝動。因為，我已經決定要用現有的商品一決勝負了啊。要是現在又消耗點數兌換新的商品或功能，就太卑鄙了嘛。

原本以為莯伊不可能應付這批罐頭攻勢的我，似乎太低估她了。桌上還沒動過的罐頭只剩下兩個了。

啊，嗯，這樣啊。我……我可還沒認輸喔。我先祭出剛才的冷凍食品系列中的鯛魚燒，接著又把所有產品都換成可麗餅。

我變形成主要出現在鹿兒島的可麗餅自動販賣機，將種類豐富又齊全的可麗餅一一上架。

這個牌子的可麗餅非常美味，而且分量十足。吃到現在，再吞下十個可麗餅的話，胃袋的負擔應該不小喔～

「喔，是甜食嗎！我現在剛好想吃甜食哩！」

咦～她超級開心的耶。

感覺好像能夠輕鬆地吃完這些東西呢。

「看起來好好吃喔，休爾米。」

「就是啊，感覺很不賴吶，拉蜜絲。」

這兩人緊盯著可麗餅，接著又望向我。兩雙濕潤的眸子似乎想訴說些什麼。不用露出這種眼神啦，我當然會請妳們吃啊。

享用甜食的時候，感覺是女孩子最開心的時光呢。這三人都捧著臉頰，面帶微笑地品嚐可麗餅。

呃，現在不是被這番光景治癒的時候。菈伊就快吃光所有可麗餅了。

我可能太早進入餐後的甜點時間了。但現在也不能回頭提供滿滿飽足感的正餐類食物，看看有沒有其他甜食……好，接下來是水果之刑。

我選擇祭出切塊的蘋果，以及裝在袋子裡的香蕉。然而——

「來點清爽的水果也很不錯哩。」

莯伊照樣大口大口地享用呢。

之後，我又接著提供大量的零食，但這些同樣一下子就落入她的胃袋。

啊，嗯，這下子可贏不了。我得更加充實自己的食品類商品才行。我默默在內心這麼發誓，然後打算道出投降宣言時——

「阿箱，可以哩。我很滿足嘍。」

沒想到，莯伊竟然先說出了我期待已久的這句話。

她靠在椅背上，一臉滿足地摸著微凸的肚子，看起來鳳心大悅。

哼哈哈哈哈！我成功了，我滿足了她的胃袋啦。雖然消耗了相當高的成本，但能夠明白她的胃袋不是無底洞，我就心滿意——

「我最近在減肥哩。因為參加大胃王比賽，我變胖了一些呢。所以，我最近都決定只吃五分飽就好哩。」

妳……說什麼？妳說現在只有五分飽而已嗎？

除了震驚到不行的我，目瞪口呆地看著莯伊的拉蜜絲與休爾米，雙眼和嘴巴也睜大到極限。

「大胃王比賽讓我參加得好開心呢～如果能提供比當初的分量再多一倍的食物就好哩。」

這實在是……對不起。我認輸了。

「想贏過莯伊」這樣的想法，真的是太天真了。等我多增加一些食物類的功能後，再來雪恥吧。

被我列入候補名單、目前尚未兌換的食物類自動販賣機，大概還有幾種。等我兌換了這些機型之後，一定要讓莯伊吃到徹底飽足為止。

現在，就認清自己敗北的事實，為她送上這句話吧。

「期待您下一次的光臨。」

幾個月後，我的食物類商品充實到現在完全無法比擬的狀態，所以我真的又再次向莯伊下了戰帖。至於結果——

# 新的階層

返回清流之湖階層後，一如往常地開始做生意的我，發現市場需求最近有減少的傾向。

話雖如此，但我並非沒有賺錢。餐飲店總會定期向我批發大量食材，雪莉小姐也一直都有向我訂購避孕用品，這方面帶來的利潤相當足夠。

早上的四人組、兩名守門人和其他熟客也時常上門，所以我還是有賺到錢，只是銷售額明顯下降了。

想追求更高利益的話，也可以移動到其他階層去做生意，但因為清流之湖階層待起來很舒服，在這邊定居或許也不錯。

再說，基於我無法自行移動，就算要前往其他階層定居，也得交給拉蜜絲做決定。

「阿箱！凱利歐爾團長說有事拜託我們呢。我們一起去找他吧。」

在我沉思的時候，拉蜜絲這麼過來搭話。

團長召喚我們啊。他們之前似乎外出做了勘查，所以，或許已經決定下個遠征的目的地了吧。若是要跟階層霸主交戰，我就得事先囤積大量點數才行。提供糧食，以及起動、維持〈結界〉，就是我的職責所在嘛。

「喔～你們來得好。先坐吧。」

被邀請到愚者的奇行團專用的帳棚裡後，拉蜜絲、休爾米和我在團長前方坐下。

自從菻伊之前為了炫耀而領著我進來之後，我就不曾踏入這裡了呢。這個帳棚很大，地上散落著幾個以鐵條補強架構的木箱。有幾名團員打開這些木箱，整理裡頭的東西。看來，木箱裡裝的應該是團員們的私人物品吧。

「如同之前提過的，我們決定了接下來要打倒的階層霸主——亡者悲嘆階層的死靈王。然後，我希望阿箱跟妳們倆都能參加。」

光聽名字，就讓人覺得這個階層很不妙耶。不管怎麼想，應該都是不死系生物四處橫生的地方吧。再加上「死靈王」這種階層霸主名……就我個人的想像，大概會是披著看起來很高級的長袍的骷髏魔法師吧。實際上不知道如何？

「亡者悲嘆嗎……印象中，那是死人魔、骨人魔這類噁心生物特別多的階層吶。啊，話說回來……拉蜜絲？」

話說到一半，休爾米似乎想到了什麼，探頭望向低垂著頭、不發一語的拉蜜絲的表情。我也順著她的視線望去，然後發現……拉蜜絲的身體好像微微顫抖著？

「真的……要去……那個地方嗎？」

她為什麼每講幾個字就頓一下？

「嗯，我們有這個打算。妳不方便嗎，拉蜜絲？」

「咦！不，不是這樣……不是這樣的，可是，可以不要去那個階層嗎？」

這麼消極的拉蜜絲，感覺很罕見呢。說話音量也像蚊子叫一樣。難道……拉蜜絲無法接受這類恐怖片元素嗎？她看起來明顯很害怕耶。

「畢竟妳從以前就很不喜歡恐怖故事之類的東西嘛。害怕了嗎？」

「才……才不是！我已經不是小孩子了，所以沒問題！」

不管怎麼看，這都只是在逞強吧。是嗎，原來拉蜜絲不喜歡啊。雖然也要看那個階層到底有多嚇人，但沒辦法接受這種東西的人，真的就是沒辦法呢。

生前，某個超愛這類東西的朋友，逼著我一起看了好幾部恐怖片，還拖著我去體驗各地的鬼屋。經過這些苦難的磨練後，我稍微有點抗性了，所以應該不要緊吧。

「啊～妳沒辦法接受恐怖的東西嗎？那個階層的敵人，大概只有會動的屍體、骷髏和幽靈而已啦。沒事沒事。我反而覺得豐豚魔更噁心喔。」

「團長，一般來說，會動的屍體、骷髏和幽靈，就是讓人害怕的東西。可不是每個人的神經都像你這麼粗呀。」

聽到菲爾米娜副團長的指摘，凱利歐爾團長聳了聳肩。

「亡者悲嘆階層到底是個怎樣的地方？老娘只知道一些聽來的常識吶。」

「這個嘛……那裡無論晝夜，天空都被厚重的雲層覆蓋，還不時會出現閃電。氣溫偏低，路上隨處可見幾乎已經風化、毀損殆盡的墓碑。大概就是這樣吧。」

聽了菲爾米娜副團長的說明，幾乎嚇壞的拉蜜絲忍不住緊緊摟住我。我能感受到她觸及機體的肢體傳來的顫抖。她真的很害怕呢。

這樣看來，她恐怕無法一起前往亡者悲嘆階層了。

「拉蜜絲，妳是真的很害怕嗎？」

「凱……凱利歐爾團長，沒……沒……沒有……這回事喔。我又不是小孩子，怎麼會害怕鬼怪之類的東西……」

「別逞強啦。還是個小鬼頭的時候，妳光是聽了恐怖故事，就會嚇得晚上不敢去上廁所不是？」

「休爾米！妳不用重提那麼久遠以前的事情啦！」

拉蜜絲的態度，狼狽得讓人能一眼看出來。這樣的話，別說無法成為戰力了，光是跟大家同行，或許就會讓她很痛苦。

「傷腦筋吶。要是拉蜜絲無法參加，就不知道誰能負責搬運阿箱了。目前，我們的團員沒人有這種怪力呢。」

「是呀。我們沒有能輕鬆搬運阿箱先生的人才。然而，如果阿箱先生無法同行，基於糧食問題，我們恐怕無法進行長期的遠征。」

「再加上死靈王不會待在固定的場所，光是要把他找出來，就得費不少功夫了。想耐心好好探索的話，我們就少不了阿箱。」

團長和副團長雙手抱胸叨唸起來。就算是魔物和怪物四處徘徊的異世界，幽靈和恐怖類的東西也還是會讓人湧現另一種恐懼吧。我能明白拉蜜絲害怕的感受，但要是失去移動手段，我就只是個累贅而已了耶。

「等……等一下。你們好像都認定我沒辦法同行了？我完全沒問題～應該說，我最喜歡可怕的東西了～」

拉蜜絲很明顯是在逞強。連說話語氣都跟平常不一樣了。

不實際造訪的話，或許很難下定論，但……不管怎麼看，拉蜜絲應該都沒辦法克服吧。

「不然，我們先試著去亡者悲嘆階層走一趟再說吧？那裡應該也有聚落存在吧，凱利歐爾團長？」

「喔，有啊。雖然規模不如這裡，但也挺繁榮的喔。亡者悲嘆階層其實還滿受有特殊愛好的人歡迎吶。一般人好像也時常會造訪那裡。對吧，副團長？」

「嗯，不過，多半都是『愈可怕愈想看』的人就是了。這個世界上，似乎也存在這方面的需求。畢竟那裡可是幽靈和靈異現象有如家常便飯的階層呢。」

就像是知名的靈異景點那樣？對於喜歡這類事物的人來說，一定很有魅力吧。感覺是有錢的閒人和輕浮的年輕人會造訪的地方。

「就採用休爾米的提議吧。先試著在聚落裡生活，看能否習慣那個階層的氛圍。如果真的沒辦法適應，我們再想其他的方法。可以吧？」

因為無人表示反對，我們決定先試著踏進亡者悲嘆階層再說。雖然頗在意拉蜜絲的臉色一下變得蒼白，但這畢竟是攸關生死存亡的問題，還是得事前了解她排斥的程度才行呢。

透過傳送陣來到亡者悲嘆階層後，我發現這是個遠超過我想像的地方。

這裡遠比初始階層更昏暗，遠處還不時有閃電劃破天際，震耳的雷鳴也不斷傳來。聚落裡的建築物都老舊得恰到好處，而且不知為何，清一色是歐風建築。

路上到處都設有路燈，所以不至於難以行走。這裡的居民似乎很喜歡黑色或深藍色，無論是服裝或街景，幾乎都呈現這種樸素的暗色系。

這很明顯是居民們刻意打造出來的吧。感覺就是要助長恐怖的氛圍嘛。

造訪這裡的獵人看起來也不少。他們身上都是鎧甲或長袍等常見的獵人裝備。

「嗯，就是這種感覺吧，氣氛十足吶。妳覺得如何，拉蜜絲？」

「噫嗚！不……不要緊。感覺很普通啊。」

她相當動搖呢～左顧右盼的模樣看起來超可疑的。我知道妳很害怕，但稍微冷靜一點吧。這裡的居民都用狐疑的眼光打量揹著自動販賣機而不停發抖的妳耶。

「總之，先到旅館去吧……」

凱利歐爾團長帶著苦笑這麼表示。他似乎判斷拉蜜絲無法適應，所以有點半放棄了呢。老實說，我也覺得她沒辦法就是了。

這趟旅程的目的，在於習慣這個階層的氛圍。所以，今天的參加成員只有團長、拉蜜絲和休爾米。我們原本是打算在這裡的聚落住個幾天，但看樣子，能不能撐到明天恐怕都很難說耶。

每當聽到什麼聲響，拉蜜絲都會嚇得微微跳起，我的視野也跟著劇烈搖晃。不知道會不會對機體裡的碳酸飲料造成影響？

抵達我們預定暫住幾天的旅館後，我發現這棟建築物同樣十足詭異。

屋齡看起來不算太老舊，外觀裝潢也很華麗，但不知為何，外牆上卻爬滿了藤蔓。設置在入口大門外頭的提燈，也透出亮度恰到好處的光芒，看起來非常有氣氛。

這棟旅館是兩層樓的建築。二樓角落的那間房間，以木板從外頭將窗戶封死。這不知道代表著什麼意思？啊，好像有一名女性從木板之間的縫隙往外看……一定是我看錯了吧，嗯。

就算這間旅館鬧鬼，感覺也不令人意外。若是恐怖遊戲的場景，它的外觀應該能及格吧。

「要……要……要……要在這個地方過夜嗎？」

因為過度動搖，拉蜜絲說話結巴到相當誇張的程度。看她害怕成這樣，我很想讓她打道回府，但本人似乎還打算繼續努力。

「是啊，不過啊，要是妳覺得撐不下去隨時跟我說一聲。然後我們就回去清流之湖階層吧。」

「你……你……你……你在縮什麼咧～偶完全沒問題好咪～」

唉唉，根本一團亂啊。連方言都說得亂七八糟了啊。

「唉～團長，沒問題，老娘會陪著她。要是情況不妙，我們馬上帶她回去吧。」

「喔，嗯，那就拜託妳啦。我會想想搬運阿箱的其他方法。」

我覺得這麼做比較明智喔。不過，人是能夠習慣的生物。在這裡住個幾天的話，拉蜜絲應該也能培養出一些抗性。儘管微乎其微，但這樣的可能性確實存在。

雖然無法太期待，但就以溫柔的心在一旁靜觀其變吧。

走在最前方的凱利歐爾團長，伸手推開入口的大門。下一刻，門板伴隨著「嘰～」的聲響而敞開。這種地方也不忘加入恐怖要素嗎？

大門的另一頭是大廳。是說，室內比室外還昏暗是怎麼一回事啊？再加上統一採用黑色的室內裝潢，可以感覺到老闆的用心呢。

感覺不是旅館必備品的幾幅肖像畫並排在高處。會覺得畫中人物臉上的淺笑看起來很詭異，應該是這裡的氛圍導致的吧。

室內的氣氛感覺令人汗毛直豎呢。拉蜜絲……我知道妳很害怕，但要是把手伸向背後，緊緊揪住我的話——

《傷害值1。耐用度減少1。》

妳的手指嵌進來了！嵌進我的機體裡了！這種喀啦喀啦的聲響聽起來很不妙耶！

「歡迎光臨……各位是愚者的奇行團一行人吧……我在這裡……恭候多時了。」

無聲無息地出現在我們面前的，是一名蓄著黑色長髮的女性。那襲感覺會穿在陶瓷娃娃身上的黑色洋裝，看起來非常適合她。

她的一頭黑髮長度幾乎及地，瀏海則是一直延伸到嘴角處，所以看不清她的面貌。宛如用鮮血點綴而成的豔紅雙唇，現在意味深長地彎曲成微笑的角度。

「嗚噫噫噫……」

啊，瀕臨極限的拉蜜絲在原地渾身一緊，然後直接往後方倒去了。

# 鬼怪因應對策

拉蜜絲往後倒的話，我必定也會一起倒在地上。所以，現在是嚇暈的她仰躺在我的機體上的狀態。

雖然可能是錯覺，但我總覺得她和我緊貼的屁股部分有點濕……雖然完全是兩碼子事，但之後還是把時髦的內褲上架，再提供給她吧。

有專賣女性內褲的自動販賣機存在，或許是不幸中的大幸呢。

「喂喂喂，傷腦筋吶。竟然怕到這種程度嗎？」

「不過，跟小時候相比，現在的她還算好了吶。把拉蜜絲扛進房間裡好了。但這樣一來，阿箱要怎麼辦？」

休爾米替失去意識的拉蜜絲解開固定後揹架的皮繩，再讓凱利歐爾團長扛起她。維持原本的模樣的話，我就會變成妨礙旅館做生意的障礙物，因此我暫時變形成〈紙箱販賣機〉。

「這樣的話，無論是誰都搬得動了。老闆娘，能把阿箱設置在旅館外頭嗎？」

「好的……那位就是您提過的……擁有自我意識的魔法道具是嗎……呵呵呵，好神祕呀。」

這個人就是旅館老闆娘嗎？要是選擇算命師當副業，感覺應該很適合喔。

我被休爾米抱起，然後輕輕放在旅館外頭。大門旁邊的空間，感覺要變成我的既定位置了呢。不過，畢竟這可說是自動販賣機最基本的設置場所，所以我也沒打算抱怨就是。

「拉蜜絲真～的超級膽小吶。從以前就是這副德性喔。聽到別人跟她說恐怖故事，就會害怕得摀住耳朵，然後『啊～啊～』地大叫。好懷念啊。」

遙想起過往的休爾米，露出眼角略微下垂的溫柔微笑。雖然她嘴上這麼抱怨，但這兩人的感情真的很好耶。看著拉蜜絲和休爾米對話的時候，有時會覺得她們就像一對感情融洽的姊妹呢。

「換做是平常，她早就逃掉了。但這次似乎死都不願意讓步吶。」

一般來說，害怕成這樣的話，應該會哭著逃走吧。

還是說，因為她得知「無人能搬運我的話，有人會很困擾」，所以才想試著努力撐下去呢？

如果是這樣，我倒希望她不要太勉強自己耶。

「阿箱，你該不是誤會了什麼吧？拉蜜絲為什麼要為了克服自己的恐懼，而逞強到這種地步……噢，由老娘告訴你也不太好吶。」

「如果中獎就能再來一瓶！」

休爾米這句發言的用意是什麼？道出感覺意味深長的這句話之後，她只是轉動眼珠望向我，沒再繼續往下說。

是要我自己思考的意思吧？就算逞強，也要克服恐懼的理由啊。想為了打倒仇敵而變強的拉蜜絲，認為如果無法克服這點程度的恐懼，就毫無意義……之類的？

「你就試著深入思考一下吧。那老娘去看看拉蜜絲的狀況嘍。」

到頭來，休爾米仍然沒告訴我答案。雖然想對著她離去的背影提問，但我無法說出這樣的句型。

儘管還是一頭霧水，但反正時間多得很，我就好好深入思考吧。

「喔，這是啥？有好多奇特的東西並排在這塊玻璃後方耶。這什麼啊？」

喔，亡者悲嘆階層的第一位客人上門了。是個身穿金屬鎧甲、看似獵人的年輕人。為了看清楚商品，他將整張臉靠近我的玻璃板，額頭都快抵上來了。

那麼，就一如往常地來做生意吧。

「歡迎光臨。」

「唔喔！是誰？是你們在講話？」

「哪是啊。我覺得是這個箱子發出的聲音喔。」

聽到其中一名伙伴這麼說，三人組現在全都定睛望向我。

「請投入硬幣。」

「喔喔喔～！真的是這個箱子在說話耶！它說『請投入硬幣』，是什麼意思？」

這三人只是在原地嚷嚷，然後因為不知道該從哪裡投入硬幣，而顯得手足無措。一般來說，光是這樣簡單一句話，果然無法讓人理解呢。

平常，我總是讓拉蜜絲在身旁設置一塊直立式看板，再把簡單的操作說明書貼在上頭，因此，就算是第一次來跟我買東西的人，也能馬上學會購物方式。但今天什麼準備都沒有，所以，只能靠我自己做點什麼了。

過去，我原本只能以不斷重複既定台詞的方式招攬新客人，但現在，我對自己的機體和功能更清楚了。在摸索各種手段後，我已經擬定了幾個方法。沒錯，我是會持續進化的自動販賣機喔。

雖然會遮住商品，但總之，我先把〈液晶螢幕〉擺出來。接著再播放預錄好的一段影片。

「喔喔！箱子裡出現一個女人了耶。小姐，妳知道要怎麼用這個箱子買東西嗎？」

年輕人朝螢幕中的女性搭話，想當然爾，預錄的影片沒有做出任何回應。出現在裡頭的女性——拉蜜絲無視年輕人的提問，伸出握著硬幣的手。

她一邊唸著「要買哪個好呢」，然後伸出手指，做出像是用食指指人的動作。之後，一度蹲下又起身的她，手上捧著玉米濃湯的罐子。轉開瓶蓋後，拉蜜絲便津津有味地將整罐玉米濃湯喝完。

至此，預錄的影片就結束了。於是我再次反覆播放。

「這是怎麼回事啊？為什麼這個女人一直重複同樣的動作？」

「這是幻術嗎？出現在裡頭的女人也太小隻了吧。而且老是做一樣的動作。」

聚在一起七嘴八舌地討論片刻後，這三人終於做出結論。

「意思是，這個女人是在教我們這個魔法道具的使用方式。是這樣對吧？」

「歡迎光臨。」

雖然花了點時間，但他們總算得出正確答案了。接著，其中一人仔細重看影片，在了解操作流程之後，成功向我購買了商品。

「好耶，我買到了！」

「喔～原來是這樣買的嗎？」

「原來如此啊～」

不知不覺中，陸陸續續有人聚集過來，以佩服的眼光看著順利買到商品的獵人們。這些人似乎不明白他們到底在做什麼，但因為感興趣，就圍在附近看戲。

「這東西是這樣扭開對吧？那我喝喝看……咕哈～超好喝～！冰冰涼涼的暢快感，簡直滲透到我的五臟六腑裡頭去了。」

這名獵人的反應成了最棒的宣傳行動，讓我的商品接二連三賣出去。大部分的人都是因為覺得很罕見，或是對不曾在這個異世界體驗過的味道深感興趣，所以向我購買商品。

我順利踏出第一步嘍。直到拉蜜絲哭訴想回去之前，我就暫時在這裡賺個一筆吧。

◆

賣出一定數量的商品後，我發現這個階層溫熱的商品特別受歡迎。居民們多半也穿著厚重衣物，看來，雖然不到冬天的程度，但這裡似乎滿冷的。

清流之湖階層有著接近初夏的氣候，這裡則是完全相反的樣子。客人們吐出來的氣息還不至於形成白煙，所以氣溫或許在十度上下吧。

在我思考這些的時候，客人慢慢走光，主要通道上的行人也愈來愈少。原本只是略顯昏暗的這一帶，現在完全被黑暗籠罩。看來，已經是入夜的時分了。

這裡白天時也很昏暗，不過，晝夜的明亮度可說是有著天壤之別。聚落裡雖然到處都設置著路燈，然而，每一盞燈彷彿都被黑暗吞噬般，透出的光線十分微弱。不管怎麼看，這樣的亮度都算不上充足。

變成自動販賣機之後，我已經經歷過無數個夜晚了，但這裡的黑夜卻有點異常。因為簡直黑到一種不自然的程度。儘管周遭建築物的窗戶透出燈光，但明亮的只有窗戶的範圍，光線完全照不到其他地方。

除了散布在四處的點點光源以外，剩下的就是一片漆黑的帷幕。晚上會變得這麼暗，難怪街上一個人都沒有呢。連半點聲響都沒有的這片光景，簡直不真實到極點，讓人無法區分自己身在現實或是虛構的世界裡。

不愧是名為「亡者悲嘆」的階層呢。這裡的灰暗夜色或許比較特別。想討伐魔物的話，恐怕得避開夜晚而在白天行動了。

既然路上沒有半個人，也無法做生意了，乾脆切換成省電模式吧——正準備這麼做的時候，我發現遠處有個模糊的光點慢慢靠近這裡。

是有人拎著提燈走過來嗎？隨著距離愈來愈靠近，那個光源也愈變愈大，但看起來有點不對勁。

光線所能照亮的地方，看不到任何人影。也就是說，這個光源是獨自漂浮在半空中。光在黑暗中搖曳著靠近，漂浮的高度大約在成人腰部左右。

我有種非常不祥的預感。如果有腳的話，我很想馬上逃進旅館裡頭，但遺憾的是，自動販賣機沒有任何逃跑的手段。

變成這樣的身體後，我原本以為自己的心靈也變得強韌了，但似乎只是錯覺而已。我的機體內部傳來不尋常的聲響。這是變成自動販賣機的我有些害怕的反應嗎……

在恐懼感和好奇心夾雜之下，我定睛注視那個光源，開始仔細觀察。

那是個被火焰包覆的頭顱……呃，是焰飛頭魔嘛！什麼啊，害我窮緊張。一般情況下，這看起來仍像是恐怖片會出現的光景，但因為我已經明白對方的弱點、同時也打倒好幾次了，事到如今就沒什麼好怕的。

識破對方的真面目之後，我的心情變得從容許多。雖然不害怕了，但魔物出現在聚落裡頭也是一個問題呢。到了晚上，魔物就會大剌剌地在聚落裡頭徘徊，所以，這裡的居民才無法在夜晚隨便外出嗎？

在我思考這些的時候，其他被火焰包覆的頭顱跟著出現了。光是我視線所及的範圍內，就已經出現了八隻。不知為何，牠們沒有闖入建築物內部，就只是在外頭漫無目的地徘徊。完全無法理解牠們來到這裡的目的是什麼耶。

咦！有一具骷髏跟焰飛頭魔一起現身了耶。這傢伙有身體，只是一具普通的骷髏……不對，會動這點完全不普通啊。喔！半透明的人類也出現了。那就是這個世界的幽靈嗎……現在路上呈現一片露天鬼屋的狀態呢。

像這樣好幾隻光明正大一起現身，感覺就不太可怕了耶。或者說無法營造出嚇人的氛圍吧。那個看似幽靈的半透明人類，也只是穿著很正常的衣服走在路上。如果想嚇唬人，就多下一點功夫嘛。例如拖著被攪爛的下半身和外露的內臟，一邊用雙手快速行走，一邊幽幽道出冤屈怨恨的台詞之類。希望牠們能向日本的妖魔鬼怪學習一下呢。

我能這麼悠哉地觀察這些魔物，也是因為牠們看起來沒打算侵入任何建築物的緣故。或許是因為這個聚落的居民做了什麼防範對策也說不定。

保險起見，我起動了〈結界〉，但魔物依舊沒有靠近。牠們似乎對身為自動販賣機的我完全沒興趣。

畢竟以後還要在這個階層進行探索，趁現在做各方面的嘗試或許也不錯。有沒有什麼能用來對付不死系魔物的商品啊？

嗯～要說最基本的道具，大概就是鹽巴了？鹽巴啊……這是感覺好像能透過自動機販賣機買到，但實際上又好像買不到的商品之一呢。若是岩鹽的話，我倒還有買過。姑且試試看吧。

我在取物口落下以透明塑膠罐裝著的岩鹽，然後讓罐子消失，再用〈結界〉將裡頭的岩鹽往外彈出。我原本想攻擊骷髏，但噴出去的鹽粒命中了幽靈——然後直接穿透身體。看來物理攻擊完全無效呢。

魔物們只是朝灑落在地上的岩鹽瞥了一眼，並沒有做出什麼特別的反應。鹽巴完全沒用嗎？其他可能有效的……啊，那個不知道怎麼樣？就是我在因電影村而聲名大噪的京都的某個城鎮，透過〈佛像自動販賣機〉買到的佛像和念珠。

在我對自動販賣機的認知中，這可是能擠入排行榜前十名的奇特商品。儘管令人難以置信，但確實有在賣。雖然尺寸只有巴掌大，但真的是一尊能供奉的佛像。

既然對方是妖魔鬼怪，佛像或許有用吧。我用〈結界〉把當初買過的兩種佛像和念珠一起彈出去，然後靜靜觀察後續發展。

魔物們似乎對這些神祕物體湧現了興趣，開始慢慢靠近，但佛像和念珠沒對牠們造成半點影響。不對，或許只是數量不夠而已。我要盡可能試試看。

「嗨～阿箱，你昨晚睡得如何……唔喔喔喔！這什麼啊！為什麼地上會有一堆奇怪的人偶和小石頭？」

已經天亮了嗎？昨晚，我一直在嘗試岩鹽和佛像會對魔物帶來什麼效果，沒想到會一直研究到天亮。

我明明覺得這是個妙計耶……難道是異世界信奉的宗教不同的緣故嗎！

# 特訓

我們迎接了來到亡者悲嘆階層的第二天的早晨。

雖然天色還是偏昏暗，但經歷了昨晚的情況後，就算是這種程度的明亮度，也讓我感到安心呢。

一大清早，凱利歐爾團長似乎就透過傳送陣移動到其他階層去了。他說是要帶幾個能協助我們攻略這個階層的伙伴回來。另外，也會順便找找有沒有能夠搬運我的其他人才。

不見得一定要擁有拉蜜絲那樣的怪力，只要力量足以拉著承載我的推車行走，應該就可以了吧。

「阿箱大人……不知道您昨晚有沒有好好享受呢？」

正在沉思今後的對策時，旅館老闆娘來到了我的身旁……她是什麼時候出現的啊？我壓根沒有察覺到耶。

就算是已經來到我的視野範圍內的現在，這個人仍沒有散發出半點存在感。就算說她是幽靈，我也會欣然接受呢。

「這個階層……到了夜晚……聚落裡頭就會出現魔物……因此……除了對身手有自信的人以外……晚上都是禁止外出的狀態……」

昨晚的謎題終於得到解答了。不過，我希望妳能更早一點告訴我們耶。

「這裡的魔物……都會因嫉妒而憎恨擁有生命的活體……因此……阿箱先生是無害的存在……我想……牠們應該不會攻擊你……」

所以，牠們完全沒有靠近我，只是一直盯著建築物裡頭看嗎？

「比起我們……阿箱大人……更接近……不……失禮了……」

可以不要說完這種意味深長的發言就馬上離開嗎？然而，看到這樣的人說出這種煞有其事的話，會讓人無條件相信耶。

不過，她到底想講什麼啊。是想說比起人類，我更接近幽靈之類的存在嗎？如果是這樣，那她其實也沒說錯呢。畢竟我是個靈魂轉移到自動販賣機裡頭的存在啊。

是說，被那個老闆娘說像幽靈，感覺好像哪裡不對耶。

「阿箱，昨天不好意思喔。」

繼老闆娘之後現身的，是看起來無精打采的拉蜜絲。

她垂著頭來到我身旁，將背靠在我身上然後坐下。雖然身體不再顫抖，但說真的，這不像平常的她。

「歡迎光臨。」

「從小時候開始，我就很害怕恐怖的東西。原本以為現在有稍微克服一點恐懼，但還是沒辦法呢。唉～～～～～～～～～～～～～～～」

她沮喪到感覺靈魂都要從口中飄出來了。我也是第一次見識到真的嚇到暈倒的人，但站在本人的立場，這似乎是很嚴重的問題呢。

「虧我還口口聲聲說要一直跟你在一起，但這樣根本不行啊。」

「太可惜了。」

「真的很可惜呢……」

不行了。她完全進入消沉模式，也直接把我的發言當成字面上的意思。該怎麼做才能鼓勵她呢？

「真是的，太不像妳了吧。在思考前先付諸行動，才是拉蜜絲妳吧。如果有不擅長的事，試著去克服就好啦。老娘說的沒錯吧？」

休爾米也來了啊。因為看不下去拉蜜絲垂頭喪氣的模樣，她雙手抱胸道出這樣的提議。語氣聽起來好像在生氣，但其實休爾米只是很擔心她罷了。

說得也是呢。如果想試著解決，那放手去做就好了啊。雖然很單純，但沒有比這更簡單明瞭的道理了。

「也……也對喔！嗯，如果會怕，只要試著習慣就好了嘛！」

「說得很好。那麼，就由老娘來替妳做克服恐懼心的特訓吧。」

「特訓……嗯，不能只是一味害怕呢。是，麻煩妳了，教官！」

看到拉蜜絲舉起拳頭，鼓起幹勁的模樣，休爾米露出滿足的微笑。總覺得她看起來好像有點樂在其中耶……希望是我的錯覺就好。

「那麼，先從在這個聚落裡散步開始吧。」

「散步……是嗎？」

拉蜜絲的表情突然變得極端嚴肅，還嚥了一口口水。休爾米剛才的發言應該沒有很難懂的地方才對啊。

拉蜜絲先是用力深呼吸一口氣，然後將身體轉了一圈，確認過自己周遭三百六十度的狀況後，俐落地以手抵著額頭，做出舉手禮的姿勢。

「我應該做不到！」

「妳放棄得也太快了吧。那個啊～天空只是有點陰，這周遭只是有點昏暗而已，沒什麼好怕的吧？在清流之湖也會遇到這樣的日子啊。」

「是沒錯啦，但是這裡的氣氛不一樣啊！如果說清流之湖階層是蛙人魔的話，這裡就是蛙人魔王啦！」

這個比喻好像很好懂，又好像很難懂耶。

不過，嗯~這裡的確不只昏暗，空氣也很沉重又潮濕呢。我的機體都結露了。

「所以，妳要放棄嗎？那妳趕快回清流之湖去吧。阿箱會跟我們一起去進行階層探索，妳就暫時在清流之湖階層等著。」

「我不要這樣！」

「既然如此，妳就只能努力了啊。那麼，從這裡直走過去，會看到一間雜貨店，妳去那裡買回復藥回來吧。」

「嗯……嗯。那我們走吧，阿箱。」

說著，拉蜜絲為了揹起我而一如往常地蹲下。但這次放在她背上的是休爾米的手。

「一個人。妳一個人去喔。」

「不會……吧……」

「老娘是認真的。如果連這種事都做不到，妳可一輩子去不了聚落外頭喔。」

「偶……偶會去啦！交……交給偶吧。又不素小孩子，偶沒問題啦！」

拉蜜絲還是老樣子呢，從說話語氣就可以輕易明白她慌了手腳。這裡是聚落的主要通路，也有不少行人走動，就算是膽小的人應該也沒問題吧。

「嗯……嗯。偶一定做得到。會成功。才不會輸咧。」

真的不要緊嗎……她開始緊握著拳頭自言自語了耶。

下定決心後，拉蜜絲以充滿男子氣概的姿態起身，以堅毅的眼神看著前方，邁開大大的步伐前進——走了十步左右。

接著，她轉頭朝我們的所在處瞄了一眼。看到帶著微笑朝她揮手的休爾米，拉蜜絲露出相當僵硬的笑容，輕輕揮了揮手，然後再次踏出腳步。

看著戰戰兢兢前進的她，我突然想到一件事。看著孩子第一次出門跑腿的父母，應該就是這樣的心境吧。

又往前走了幾步後，每當跟人擦身而過，拉蜜絲的身子總會很誇張地抽搐一下。儘管如此，她還是沒有停下往前走的腳步。加油啊，拉蜜絲。

啊！附近一戶民宅的大門發出巨響打開了。拉蜜絲也因此在原地嚇到彈跳約莫兩公尺高。接著，她轉身望向我們，然後以全力暴衝回來。

「阿箱～～～～～！我沒辦法啦啊啊啊啊啊啊～」

哎呀呀～一副快哭出來的樣子呢。耗費好幾分鐘前進，跑回來卻只花了五秒左右。拉蜜絲撲過來抱住我，身體還不斷顫抖著。

乖乖～妳一定很害怕吧。來，喝點溫熱的玉米濃湯，稍微冷靜一點吧。還是甜甜的果汁比較好呢？那麼，我兩種都給妳，挑自己喜歡的喝吧。

不過，攝取了水分後，就得擔心「那方面」的問題了。雖然沒有什麼深刻的含意，但我也能變形成紙尿褲的自動販賣機，可以在緊急時派上用場喔！

「拉蜜絲……你也別太寵她啦，阿箱……」

休爾米以手扶額，大大嘆了一口氣。抱歉，我也有自己太寵她的自覺。

可是啊~既然害怕到這種地步，就不要太勉強自己，乖乖撤退會比較好啦。如果想變成一名更強大的獵人，這確實是總有一天要克服的弱點，可是，現在操之過急也沒用，只能慢慢來了嘛。

「妳要回去了嗎？」

「如果揹著阿箱一起，我應該就做得到了。嗯，一定做得到！因……因為我的職責就是搬運阿箱嘛，所以一定得揹著阿箱才行呢！」

拉蜜絲拚命辯解。能被她這麼需要是讓我很開心啦，但我現在完全變成監護人的立場了呢。

「好吧，那妳就揹著阿箱過去。」

「嗯，跟阿箱一起的話，我就沒問題了。對吧，阿箱！」

是這樣就好了。不過，一個人踏進鬼屋，跟揹著一台自動販賣機踏進鬼屋的感覺，確實有著天壤之別……我沒看過揹著自動販賣機去鬼屋的人呢。

「阿箱，你在吧？你在我背後對吧！」

「歡迎光臨。」

「真……真的嗎！你真的在嗎！」

「歡迎光臨。」

「不可以離開我的背後喔！絕對不可以喔！」

「歡迎光臨。」

生前，我有個親戚的孩子不會騎腳踏車。這讓我想起自己協助那孩子學騎腳踏車的事呢。

無法憑藉自己的力量移動的我，根本不可能離開拉蜜絲的背後，但她仍為了自己是否有確實揹著我一事感到不安。這或許代表，即使背上有個如此沉重的物體，拉蜜絲卻幾乎沒有感受到重量吧。有這樣的力量，其實就可以一拳粉碎夜間出現的那些魔物了啊。

「我會加油。我會加油的。所以……我們一起……一起探索這個階層吧。」

儘管不停顫抖，拉蜜絲仍緊咬牙關，以穩重的步伐一步步往前。

這樣啊。遲鈍的我，在這一刻終於明白了。拉蜜絲是為了跟我在一起，才會這麼拚命想克服自己的恐懼。

既然如此，我應該要盡全力支持她，陪伴她一起跨越這道關卡才行呢。目前，我們和雜貨店還有好一段距離。為了多少緩解拉蜜絲的恐懼，讓她順利抵達目的地，有沒有什麼能派上用場的功能呢？

緩和情緒的效果……放鬆……香氣應該可行喔。聽說玫瑰和葡萄柚的香氣很有療效。好像是迷上香氣療法的朋友大力推薦的。另外，咖啡的香氣似乎也能讓人平靜。

這樣的話，變形成花卉或水果的自動販賣機就好了吧。不，等等。就算變形成這類自動販賣機，能散發出來的氣味也很淡。有沒有能夠馬上散播讓人聞得出來的強烈香氣的——就選這個好了。

我選擇了功能清單裡頭的〈芳香劑〉。這不是廁所裡頭那種用來掩飾惡臭的東西，而是促進銷售量用的〈芳香劑〉。

這種〈芳香劑〉可以輕鬆組裝在自動販賣機內部，香味種類還多達一百種以上。透過人體感測器偵測到有人靠近後，安裝在機械內部的芳香罐便會釋放出香氣。能夠協助活用這個功能的〈人體感測器〉功能，我也老早就兌換了。

這種裝置的本意，是以自動販賣機的商品的香氣來吸引客人上門。因為釋放出來的香氣十分強烈，拉蜜絲應該也聞得到才是。

在這一百多種香氣之中，也有葡萄柚和咖啡的香味呢。就釋放出香氣，然後期待它的效果吧。

「啊～有一種好好聞的香味耶。是柑橘類的香氣嗎～」

喔！原本不斷從拉蜜絲背後傳來的顫抖，現在停止了呢。雖然不知道是這股香氣真的有放鬆效果，又或者只是她的注意力轉移，但只要能減少拉蜜絲的恐懼，原因是什麼都不重要。就這樣繼續為拉蜜絲做各種嘗試吧。試過幾種功能之後，我發現能夠轉移她的恐懼的，是〈芳香劑〉的氣味和〈自動點唱機〉的音樂。爵士樂加咖啡香，是對拉蜜絲最有效果的組合。因為有每天只能變形兩小時的限制，所以我基本上以〈芳香劑〉的效果為主，只在情況告急的時候加上音樂輔助。我想這樣的作戰應該能奏效。

是說，雖然播放音樂能讓拉蜜絲平靜下來，但我們同時也會收到周遭路人強烈而疑惑的注目禮呢。希望她不要發現這一點。

# 成員

雖然只有幾小時，但每天持續的嚴苛特訓，讓拉蜜絲逐漸適應了亡者悲嘆階層的環境。

特訓內容是揹著我到聚落的各處跑腿、晚上一個人去上旅館的廁所，或是揹著我在聚落裡散步。

因為這樣的特訓內容實在太艱辛，拉蜜絲好幾度想要放棄，但最後還是以不屈不撓的精神，跨越了這道難關，得以變成「只要揹著我的話，就能在聚落裡自由活動」——我會不會太天真了啊？

另外取而代之的是，揹著一個巨大鐵箱的少女，伴隨著好聞的香氣和活潑的音樂，在聚落裡四處徘徊一事，似乎成了這裡另一個恐怖的傳聞。但這只是不重要的小事啦。

「休爾米，我已經完全沒問題了喔！現在都不會感到害怕了呢。」

現在的拉蜜絲，要是看到有人突然從巷弄中竄出，還是會嚇到幾乎整個人跳起來。但和過去相較，她確實有顯著的進步。

「是嗎是嗎？妳的努力，老娘也都看在眼裡了吶。那麼，我們就進入下個階段吧。」

「儘管來吧！」

拉蜜絲用力拍了拍胸脯，看起來信心滿滿。透過這幾天的特訓，她變得有自信多了呢。

「喔喔，妳說的喔。那麼，妳現在不要揹著阿箱，自己在聚落——」

「我做不到請您放過我吧。」

休爾米話還沒說完，拉蜜絲便馬上對她九十度鞠躬。這是多麼爽快俐落的回應啊，沒有絲毫猶豫呢。看來，要她一個人在聚落裡閒晃，難度還是太高了。

「外出探索的時候，阿箱應該都會跟妳待在一起，所以還不要緊，問題在於妳能不能接受聚落外頭的環境吶。」

「我……我沒問題啦。因為還有其他人同行，不是我獨自一人。」

「嗯，也是啦。對了，團長之前有說過，他預定今天會把要跟我們一起去探索階層的伙伴帶來吶。」

喔！死靈王搜索行動，終於要正式展開了嗎？除了愚者的奇行團的熟面孔以外，還有其他人會參加啊。因為這裡不死系的魔物偏多，來的人會不會是僧侶或神官呢？若是看起來清純的修女就更好了。

就我所知，在這個世界，都是擁有能治癒傷口這類加持能力的人，肩負回血的職責。晨間熟客之一的老婆婆就有這樣的加持能力。

另外，疑似也有能治癒傷口的魔法存在。站在我的立場，我期待新隊友會是散發著娟秀氣質的女性，或是像個武打派神官的男性。

「喔，你們在這裡啊。我帶了這次要一起探索的伙伴過來嘍。」

是凱利歐爾團長的聲音。他似乎是特地來尋找為了特訓，而在聚落裡東逛西逛的我們。

拉蜜絲和休爾米轉頭，我也將視線移往團長所在的方向。

在他的身後，是蓄著一頭短髮、在大胃王比賽中活躍不已的黑洞少女莸伊，以及大胃王團的四名成員，還有紅白雙胞胎。到這裡都還是熟悉的成員，但除此以外，還有一名參加者。

「好久不見了，阿箱先生，還有拉蜜絲小姐和休爾米小姐。」

一身漆黑鎧甲，再加上爽朗的笑容。咦！米歇爾也會跟我們同行啊？作為戰力，他是個無可挑剔的人才，但……有社交恐懼症的他，面對這麼多人沒問題嗎？

「你們也認識米歇爾吧？這次，我們邀請他暫時加入愚者的奇行團。站在我們的立場，如果孤傲的漆黑閃光願意成為同伴，我們絕對會舉雙手贊成。他應該是想透過這次的遠征行動，好好評斷我們這支隊伍。是吧，米歇爾？」

「不不不，我只是想明白自己會不會扯各位的後腿，以及能不能順利和大家分工合作而已。」

儘管米歐爾看起來只是在自謙，但實際上，這句話的後半段是最重要的地方。在現場的成員之中，恐怕只有我明白這一點吧。現在，看起來和團長對答如流的他，在那身鎧甲之下大概已經緊張到冷汗涔涔了。

追加的新面孔似乎只有他而已。這個世界裡沒有聖職者之類的職業嗎？總覺得有些遺憾。

「那麼，隨便找間店坐下來，我再對大家說明遠征內容，以及概略的行動方針吧。」

說著，團長催促大家踏入附近的一間餐廳。

這間餐廳規模中等，在用餐時間以外沒有什麼客人，店裡似乎也只有一名店員。看到我們一大群人突然現身，店員的表情似乎有幾分困惑。

「抱歉啊，我們人很多，能暫時包下整間店嗎？」

面對趕來自己身邊的女店員，團長以拇指將一枚金幣彈給她。

看到金幣的瞬間，女店員的態度出現一百八十度大轉變。她領著我們來到餐廳深處的一張大型圓桌前，又在入口大門外頭放了一塊類似看板的東西。上頭大概寫著「包場」之類的訊息吧。

待所有人在桌前坐下後，我也被安置在原本放著一張椅子的位置上。

「隨便替我們上一點食物和飲料吧。噢，你們別用那種渴望的眼神看我啦。我知道，我會多點幾道菜的。」

被萩伊和大胃王團的成員施以濕潤雙眼的視線攻擊後，團長點了一大堆料理。有這五個人在，恩格爾係數就會一口氣暴增呢。站在餐飲店的角度，是很讓人開心的客人。

「然後呢，你們邊吃飯邊聽我說無所謂。這次，聚集在這裡的所有成員的目的，是找出死靈王並親手打倒牠。啊～因為某些因素，副團長這次不跟我們一起行動。」

「因為副團長很膽小哩。」

「一定是那個啦。要是自己害怕的樣子被團長看到，會覺得很害羞之類的。」

「真的假的啊，阿白？副團長竟然有如此可愛的一面，太讓人意外了吧。」

透過團員們的竊竊私語，我瞬間明白副團長沒能出席的理由了。也就是說，她跟拉蜜絲是同類嘍。愈是強勢的人，有時愈會害怕靈異話題呢。

不過，負責輔佐團長、總是冷靜沉著的菲爾米娜副團長不在，讓我有點擔心這趟遠征呢。屆時該由誰來整合大家的意見呢？

「順帶一提，會找大胃王團來協助我們，是因為他們不會被這個階層的詭異氛圍影響、搜索敵人的能力也很優秀的緣故。」

「雖然搞不太清楚，但人類好像很排斥暗處、死人魔、骨人魔或死靈魔呢。我們實在不懂這樣的感受。」

「但我也不喜歡死人魔身上那種腐肉的臭味呢。那是會讓人失去食慾的氣味。」

聽到米可涅的意見，佩魯皺起雙眉重重點頭。人類和獸人對恐怖事物的感受似乎不同呢。這麼想的話，找大胃王團當幫手確實很適合。

而且，他們的聽覺跟嗅覺都很敏銳。再加上情況危急時的逃跑速度，這些都可說是相當貴重的能力。

「這次的探索範圍很廣，整體環境又偏昏暗。大胃王團優秀的夜間視力，對我們來說助益良多。」

印象中，塔斯馬尼亞惡魔是夜行性生物……嗯，他們或許是最適合的人選呢。

「莯伊、阿紅跟阿白，則是被我強行拖來的。」

「太蠻橫哩！我也不喜歡可怕的東西啊！」

「真要說的話，我也是不擅長這方面的人啊！」

「我也是、我也是！」

面對抱怨連連的團員，凱利歐爾團長以滿面笑容果斷表示「你們沒有拒絕權喔」。

結果，團員們繼續不甘示弱地回嗆，最後演變成一場不堪入目的互罵大會。因為是司空見慣的光景，拉蜜絲等人完全不打算出聲阻止，只是默默吃著被端上桌的食物。

米歇爾雖然無法理解現況，但也沒有勇氣插嘴，只是勉強維持著不自然的笑容，整個人僵在位子上。

片刻後，大概是能罵的話也罵的差不多了，愚者的奇行團的團員們氣喘噓噓地重重坐回椅子上。

「那麼，回到原本的話題。亡者悲嘆階層的敵人，以死人魔、骨人魔、焰飛頭魔和死靈魔為多。休爾米，能拜託妳針對這些魔物稍做說明嗎？」

「喔，交給老娘吧。我們之前在迷宮階層跟焰飛頭魔交戰過很多次，所以這次就略過嘍。啊，米歇爾，要替你說明一下嗎？」

「不，沒關係。請妳往下說吧。」

「這樣啊。那就先從死人魔說起吧。一如其名，牠們是會動的死人。有些個體會因為死後腐爛，導致整個肉體變得破爛不堪，有些個體則和普通人類沒什麼兩樣。牠們的特徵在於動作遲緩，但力氣卻很大。必須避免被牠們撲上或是咬到。」

就是喪屍吧。在恐怖片裡，被咬到就會感染喪屍病毒，喪屍數量也會因此愈變愈多，可說是不變的老哏。但休爾米並沒有提及這點，所以，或許不用擔心這方面的問題吧。

「骨人魔則是會動的骨骼標本。有些研究者認為牠們是肉體完全腐朽之後的死人魔，但老娘持不同看法……呃，這種事倒是無所謂啦。骨人魔的特徵在於動作敏捷，但力氣很小。可把牠們想成跟死人魔完全相反的魔物。」

只有骨頭，感覺確實滿弱的呢。在某部電影中，敵方的骷髏大軍也輕易被摧毀了。而且，在進行說明時，休爾米的語氣聽起來完全不緊張，所以骨人魔或許只是小嘍囉吧。

「最後是死靈魔。牠們有著半透明的身體，直接攻擊無法對牠們奏效。聽起來好像很棘手，但牠們的弱點是光。只要用強烈的光芒照射，就能輕鬆消滅牠們。如果隨身攜帶光源，牠們就完全不會靠近。聖屬性的道具和魔法對牠們也有效。」

這樣啊。那我就不會被盯上了吧。入夜之後，把機體的亮度開到最強或許會比較好呢。

「這些就是亡者悲嘆階層常見的魔物。不過，除此之外，這裡也有格外強力的個體，或是其他魔物的目擊情報。大家可不能大意。」

「謝謝妳的說明嘍，休爾米。有妳在，就能省去收集情報的功夫，真是太感謝了。我們預定在明天早上出發，大家各自做好準備吧。先花個半天時間探索，然後再返回聚落。短期內，我們會一直重複這樣的行動，所以不需要帶太多行李喔。」

剛開始的時候，會持續當天來回的探索行動嗎？考慮到拉蜜絲的狀況，我覺得這樣的做法很恰當呢。畢竟到了晚上，魔物似乎會變得比較強，透過當天來回的探索行動收集敵人的情報，應該是最理想的方式。

我這麼想著，將視線悄悄移向身旁，發現將手指緊緊嵌入我的機體的拉蜜絲，像個壞掉的機械般不斷點頭。

明……明天之後的日子，真的不要緊嗎？

# 死人魔

身為自動販賣機的我、拉蜜絲、休爾米、凱利歐爾團長、菻伊、紅白雙胞胎、大胃王團，再加上米歐爾，一共十一人再加一台的大陣仗，就這樣出發前往探索了。啊，還有一台有布幔設計的山豬貨車。

有這麼多人同行的話，拉蜜絲應該就不會害怕了。我懷著這種樂觀的想法來到聚落外頭。然而——

「這地方還是一如往常地嚇人吶。」

「我突然想起有急事要辦呢。我們回去吧，阿白。」

「說得也是呢，阿紅。」

「我把行李忘在旅館裡頭哩。」

愚者的奇行團的團員默契一致地向後轉，結果被團長一把揪住。雖然覺得他們有一半是在開玩笑，但認真的成分應該很高吧。這一帶的氣氛足以讓我這麼想。

連一根雜草都長不出來的荒涼大地上，四處可見墓碑林立，而且還都是破損龜裂的狀態。至今我還沒在這裡看過任何一塊完好的墓碑。

零星的枯木佇立在大地上。掛在枝頭的不是葉片，而是末端綁出一個圈圈、在風中搖曳的粗麻繩。

……真有氣氛耶。看起來像是獵人遺物的老舊鎧甲和武器被棄置在地上，更為這個靈異景點加分。

時而傳來的雷鳴和閃電，也讓人不禁給予高評價。

我在心中叨唸著宛如一名評論家的感想，將視線移向其他的探索成員身上。看起來若無其事的人，就只有團長、休爾米和大胃王團而已。

「為什麼要在聚落外頭蓋墳墓呢？」

「就是那個啊，米可涅。是什麼來著……」

「米可涅跟休特都不懂啦。一定只是一時興起才蓋的喲。」

「是這樣嗎……可是，感覺供品都會被魔物吃掉，好可惜呢。」

大胃王團看起來一點都不害怕。他們對「恐怖」的定義果然和人類不一樣呢。在這種狀況下，他們變得好可靠喔。

「這裡是迷宮內部。只要死在這裡，墳墓就會自動出現的樣子吶。就連名字都會幫你刻上去喔，這種設計還挺親切的吶。」

休爾米也完全不為所動呢。她甚至從容到能夠大方靠近一座墓碑，撫去上頭的塵沙，以深感興趣的表情確認上頭的名字。

米歐爾則是一動也不動地維持著僵硬的笑容。乍看之下，或許會覺得他表現得相當沉著冷靜，並因此令人感到佩服，但他現在睜大了雙眼，還定睛直直凝視著某一處。這是因為太害怕而嚇傻了吧？

揹著我的拉蜜絲，則是專心盯著地面看，所以還能讓自己受到的精神傷害控制在最小。

「你們反應也太大了吧。雖然有點涼意，但也只是這樣而已啊。比起屍體或魔物，活生生的人更來得可怕啦。別輸給這股氣氛喔。」

團員們紛紛繃緊表情。雖然他們的臉色實在算不上好，但似乎都已經下定決心了。

米歐爾也因為這句話瞬間回神。他輕咳一聲後，恢復成一如往常那個制式的爽朗笑容。

雖然有些動搖，不過，既然能馬上恢復成平常的狀態，就代表這些人應該沒問題吧。至於還是死盯著地面的拉蜜絲，恐怕無法期待她在戰鬥方面的表現了。但只是負責搬運行李的話，應該沒問題。沒問題題對吧？

「唉～～總之啊，今天就先隨便探索一下吧。」

凱利歐爾團長罕見地摘下帽子，以手指搔了搔頭。這種看似多災多難的未來，或許讓他相當傻眼吧。我也不是不能理解他的感受。

要是大胃王團成了目前最可靠的隊友，要人不感嘆也難吧。

眾人遵照團長的指示，在四周隨意閒晃了一下，卻不時遭遇到敵人。只是待了三十分鐘左右，就和十隻以上的敵人戰鬥過。

在我分析現況的此刻，敵人又出現了。

先是地面的某處隆起，接著，肉體的腐爛程度十分完美、可以窺見內部白骨的一隻手，跟著從地面伸出。

另外，也有一些已經完全化為白骨的手臂或頭顱，撥開土壤從地底現身。牠們都很守規矩地從墳墓附近出現呢。

拉蜜絲呼吸還沒換氣，我們就以遠距離攻擊撂倒了四隻喪屍——或說是死人魔或骨人魔吧。剩下的四隻也在整個身體完全鑽出地面之前，就被逼近的大胃王團以尖牙和利爪粉碎。我軍根本壓倒性地占上風嘛。

雖然明白這種攻擊方式比較有效率，但總覺得敵方有點可憐呢。

剛才表現得很害怕的愚者的奇行團成員，現在動作相當俐落，看起來戰鬥得很順利。開始和敵方交戰後，米歇爾也自動切換成帥哥模式，看起來沒有問題。

那麼，剩下的問題點就是拉蜜絲了。不過，就算看到敵人出現，她也只會做出屏息加全身僵硬的反應，沒有尖叫或拔腿就跑。在我看來，這是相當大的進步了。

之後，大家很順利地一一打倒來襲的敵人。但光是要揹著我行動，就必須讓拉蜜絲花費不少精力，所以她並沒有參加戰鬥。

趕在傍晚之前返回聚落的眾人，早早就躲進了旅館裡頭。

而我則是一如往常地被安置在外頭，眺望著不見半顆星星的夜空。

明白這裡的魔物不會加害於我之後，到了晚上，我變得能夠以從容悠閒的態度來觀察牠們了。我現在的心境，好比坐在一張看起來很高級的椅子上，捧著酒杯觀賞一部恐怖片。

今晚，魔物也在聚落裡頭四處遊走，窺探著透出燈光的建築物窗戶內側。觀察了幾天後，我湧現了一種想法——這些魔物明明不會出現表情變化，但牠們看著室內的樣子，不知為何似乎帶著欣羨不已的感覺。

不同於一般的魔物，這裡的魔物是死去的人類轉化而成——這樣的傳聞，或許並不是虛構的呢。

「啊——啊……啊……啊啊啊～」

陷入沉思時，我突然聽到一陣呻吟從距離自己很近的地方傳來，便將視線移回正面。

不知何時逼近我的，是臉部肌肉腐爛脫落、一邊眼球感覺快要掉出來的魔物。我陷入了在極近距離之下跟牠對看的狀況。

啊，嗯。這樣的距離讓人很吃力呢。再加上我的機體發出的光，讓牠臉上的陰影更加明顯，魄力也因此增加了好幾倍。

我忍不住發出了「請投入硬幣」的慘叫聲——這不是慘叫聲呢。在這種情況下仍然只能發出既定台詞的這個機體，真是讓人恨得牙癢癢的。

因為自己道出的這句不符合情況的突兀台詞，我心中的震驚和恐懼也平復下來了。竟然會被自己說的話冷到啊。

恢復冷靜後，我再次仔細觀察眼前的魔物。牠應該是死人魔錯不了。身高比較矮小，所以應該是小孩子吧。

或許是覺得我很罕見，牠一邊發出「啊～啊～」的呻吟聲，一邊以正常的那隻眼睛瞅著我看。倘若「死人魔是人類轉化而成」這個傳聞是真的，眼前這個死人魔可能是在年幼時死去的孩子變成的吧。

光是這麼想，就讓我覺得牠不可怕了。如果牠沒有傷害我的打算，只是基於孩子的好奇心而站在這裡觀察我，但我卻對牠懷抱著敵意，那這個死人魔就太可憐了。

「歡迎光臨。」

「啊～啊嗚～啊啊啊啊～」

聽到我發出聲音，死人魔歪過頭。雖然外觀看起來很嚇人，但牠們是不是還殘留著自己身為人類時的記憶呢？如果是這樣的話，之後要出手打倒牠們，恐怕會讓人於心不忍呢。雖然我不會參加戰鬥就是了。

啊，喂，不要一直亂摸啦。別說指紋了，你腐爛的肉都沾到我身上了，沾到了啦！唉，真是的，這個給你啦。

雖然不知道牠會不會喝，但我還是在取物口落下一罐雙馬尾大小姐相當中意的柳橙汁。

聽到罐子掉在取物口的聲響，死人魔有所反應，但似乎無法理解這個聲音代表的意思。不然，用〈結界〉把柳橙汁彈飛出去試看看好了。

果汁罐從死人魔幼童的身旁飛過。聽到罐子掉在地上的清脆聲響，牠轉過身，踏著看似隨時都會跌倒的步伐，搖搖晃晃地走向果汁罐的落地處。

如同喪屍恐怖片的設定，牠似乎是對聲音相當敏感的種族呢。

死人魔幼童以雙手捧起果汁罐。在我納悶牠會不會開罐的問題時，死人魔幼童直接朝罐子的部分咬了下去。橘色的液體從輕易貫通鋁罐的牙齒隙縫中溢出，沾濕了牠的身體。

將整個鋁罐細細咀嚼一番之後，看似心滿意足的死人魔幼童，就這樣消失在夜色之中。雖然是完全出乎我意料的一場相遇，但我們或許不會再見面了吧。儘管是個奇妙的夜晚，不可思議的是我完全不覺得討厭。

第二天的探索行動結束後，我一如往常地在外頭發呆。

拉蜜絲還是老樣子，無法參與戰鬥。不過，至少她能夠好好抬起頭來觀看其他人的戰況了。嗯，就繼續這樣努力下去吧。

「啊～嗚……啊啊啊啊～」

成群的死人魔和死靈魔又出現了呢。今天，牠們踏進聚落，似乎也只是為了入夜後在這裡徘徊。

眺望著這些魔物的行動時，我發現某個筆直朝我走來的個體。那個瘦小的死人魔……難道跟昨天是同一個嗎？

諸如腐爛的臉部、脫落的頭髮等外觀，雖然有點相似，但我沒有確切的證據。若是有明顯易見的特徵倒還好，但要從逐漸腐爛的一張臉來判斷，實在很困難呢。提供柳橙汁給牠的話，或許就能判斷是不是同一個死人魔了吧。

我照著昨天的做法，用〈結界〉將柳橙汁彈飛出去。結果，那個死人魔撿起果汁罐，又把整個罐子拿起來啃之後，就滿足地離開了。咦，牠該不會是黏上我了吧？不，怎麼可能呢。

第三天的夜晚。牠又出現了呢……那個死人魔幼童。

或許是像個孩子那樣，對柳橙汁的滋味上癮了吧。就算變成魔物，身為一個孩子的習慣或本能，或許還稍微殘留在那個逐漸腐爛的身軀裡。

這樣的行為或許沒有意義，但今天，我仍給了這孩子一罐柳橙汁。我不知道自己究竟想做什麼，不過跟這孩子交流，逐漸成了我在深夜的樂趣之一。

第四天、第五天、第六天過去了。因為探索行動進行得很順利，這天，眾人第一次在聚落外頭過夜。話雖如此，但我們其實也只是在距離聚落約十分鐘腳程的地點紮營而已，要是狀況不妙，可以馬上逃回聚落裡。

想到那個每晚都會現身的死人魔幼童，總覺得有點愧疚呢。因為我今天無法給牠柳橙汁了。不過，反正明天我就會返回聚落裡，讓牠暫時忍耐一天吧。

「阿箱，今天讓我睡在你旁邊吧。」

大家都圍著營火坐著，但因為我不能離火源太近，所以被放在稍遠的地方。現在，裹著毯子的拉蜜絲倚著我的機體，在我的正前方坐下。

今天一整天，妳都很努力按捺著內心的恐懼呢。一起入睡這種小事，我很樂意奉陪喔。我會保護妳的，所以放心吧。

「歡迎光臨。」

「謝謝你喔，阿箱。」

精神極度緊繃的狀態，想必消耗了她大量的心力吧。沒過多久，拉蜜絲便沉沉睡去。

辛苦嘍，拉蜜絲。明天也一起加油吧。

為了避免熟睡的她遭遇危險，我可得持續警戒周遭的環境才行。今晚，負責站崗的是大胃王團裡比較可靠的米可涅和休特二人組，以及紅白雙胞胎。

無論是偵測敵人的動向，或是抵禦外敵的任務，這幾名成員都能做到完美，所以其實可以放心交給他們處理。不過，在這個異世界，不知道什麼時候會發生什麼事。提高警戒的人多一點也不會有壞處才是。

今天，大家似乎沒有興趣在這種地方自炊，都跟我購買現成的商品果腹，所以我的收入還不錯。

到了逐漸進入深夜的時刻，負責站崗的成員也開始有點鬆懈時，我聽到了一絲微弱的聲音。

「啊……啊啊啊……」

是死人魔嗎？似乎只有一隻朝我們靠近，牠的聲音也愈來愈清晰了。

「阿紅，要把大家叫醒嗎？」

「只有一隻的話應該沒問題啦，阿白。」

大胃王團的兩人持續提高警戒，由紅白雙胞胎負責對應逐漸朝我逼近的那個聲音。

我提高機體的亮度，方便站在我身旁的雙胞胎將敵人看得更清楚。

在黑暗中逐漸現形的瘦小死人魔……咦，這個個體是！

「是小孩子嗎？雖然很可憐，但你還是快點成佛吧！」

「太可惜了！」

為了制止衝上前的阿紅，我以最大音量出聲吶喊。但前者沒有回頭，手中的長槍就這樣刺穿了死人魔幼童的腹部。

「阿箱，你怎麼了啊？幹嘛突然大叫？」

阿紅帶著不明就裡的困惑表情望向我，但這種事現在怎麼樣都無所謂了。這個死人魔幼童，該不會……是總會在深夜上門的……那個個體？

「怎麼？長槍前端好像被什麼東西卡住了……咦？這是阿箱提供的飲料的容器對吧？這傢伙怎麼拿到這種東西的？」

被阿紅的長槍貫穿的，是柳橙汁鋁罐的碎片。

這樣的狀況沒有道理對阿紅發怒。我很清楚這一點。對他來說，這個死人魔幼童只是一隻魔物。能夠這麼快出手解決，反而值得稱讚，不該受到責難。

我很清楚。我都明白，但是……看到那孩子以向我伸出手的姿勢不支倒地，我總覺得體內的線路快要燒掉了。

這孩子一定只是因為發現了我，所以想一如往常地過來領果汁吧。然而，這只是我個人的臆測。牠說不定真的是來攻擊人類的。

對了，而且牠今天出現的時間比平常更晚。這孩子是魔物，攻擊人類是牠的本性——

「阿紅，這隻死人魔手裡好像握著什麼？」

聽到阿白這麼說，我將視線移過去，發現對死人魔幼童對我伸出的那隻手中——握著硬幣。

「難道牠是想來跟阿箱買東西？不對，這不可能吧，怎麼會呢……」

「雖然不知道是不是同一隻死人魔，但剛才，有個個體從遠處一直盯著這裡看喔。因為對方看起來沒打算騷擾我們，我就沒管牠了。」

米可涅從一旁插話。身為夜行性生物、夜間視力也很優秀的他這麼說，應該就不會有錯了。

也就是說，這孩子是看到伙伴們用硬幣向我購買商品的行為，所以也想試著把硬幣投進我體內嗎……

真是個傻瓜。小孩子何必在意這種事呢。再說，你手上只有一枚銅幣而已，這樣可不夠喔。

對死人魔幼童失去興趣後，紅白雙胞胎便離開了。但我仍無法將視線從那孩子身上移開。

我變形成〈投幣式吸塵器〉，在一番苦戰後，將死人魔幼童手中的銅幣吸走，然後再變回以往的自動販賣機，將罐裝柳橙汁上架。

你喜歡這個對吧。今天也喝這個可以嗎？

我將柳橙汁的售價變更成一枚銅幣，在取物口落下，再彈飛到死人魔幼童的身旁。

接著，我道出對這個孩子說的第一句，也是最後一句聊表謝意的台詞。

「謝謝惠顧。」

# 今後的方針

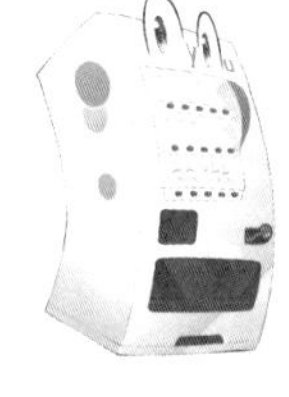

開始探索行動過了一星期後，拉蜜絲似乎也習慣多了，變得能和死人魔以外的魔物戰鬥。畢竟死人魔有著那樣的外觀，我能明白她不願直接用拳頭粉碎牠們的心情。

對我來說，因為之前發生過死人魔幼童那件事，不用在極近距離下看到牠們被打爛的樣子，也讓我有種得救的感覺。

「團長，如果找到死靈王，你應該有想好什麼對付他的方法了吧？」

因為無法參加戰鬥，所以最近總是窩在貨車載貨台上的休爾米，探出頭來這麼詢問團長。

「嗯，啊～算有啦。雖然博學多聞的妳心裡應該早就有個底了，但妳知道死靈王是什麼樣的魔物嗎？」

悠哉地走在山豬貨車旁的團長轉頭，以另一個問題回答休爾米的問題。

「就是那個吧，披著一件感覺超貴的長袍，看起來很不可一世的一具超大型骷髏？印象中，根據傳聞，牠原本好像是個成就非凡的魔法師。」

「喔，妳沒說錯吶。牠能夠使用各種屬性魔法，本身的魔力又很強大，所以連續發動魔法也不成問題。不過，取而代之的是，本體似乎很不堪一擊。」

是徹頭徹尾的魔法系角色呢。如果能給牠強力一擊應該就有勝算了。要怎麼避開死靈王的魔法攻擊，順利逼近牠的本體，就是關鍵所在吧。

說到能夠粉碎敵人的破壞力，拉蜜絲或米歐爾應該是最理想的人選。

「所以，要拿牠的魔法怎麼辦啊？在我們這群成員裡頭，沒有盾也沒有坦吶。不過，魔法攻擊跟物理防禦是兩回事，所以就算有，也派不上用場。」

休爾米所說的「盾」和「坦」，似乎不是字面上的意思，而是獵人們的職責定位。就是在隊伍中負責擋下、承受敵方攻擊，強化自身「保護同伴」的特質的存在。

「也是啦。我們團裡雖然有適合的人選，但對方現在不在場，所以說什麼都是白搭。不過啊，這裡不是有個能擋下任何攻擊的可靠成員在嗎？」

說著，這位鬍渣大叔將視線移到我身上，還做了個單眼眨眼的俏皮表情。

啊～原來是這麼一回事嗎？我明白他堅持要我加入探索部隊的理由了。

「咦，你是指阿箱嗎？」

「拉蜜絲，正確答案。阿箱的結界，可是連魔法都能抵擋的萬用盾牌呢。看妳要一口氣逼近死靈王然後打倒牠，或是只負責分散牠的注意力都行。」

「這麼做很危險……不，倒也不至於吶。畢竟阿箱過去就曾經成功擋下階層霸主的攻擊，也彈飛了企圖攻擊米歐爾的敵人發射過來的魔法……所以或許可行……」

休爾米以手指規律地敲打自己的額頭，開始思索這樣的計畫。

我現在囤了很多點數，所以有自信可以擋下對方的攻擊。雖然也擔心敵人攻擊的威力把我震飛，但讓拉蜜絲把我揹在身後，再努力站穩腳步的話，應該就沒有問題。

咦，這意外是個很棒的提議嘛。

「這個提議可行嗎，阿箱？你覺得沒辦法的話，我就另外再想個對策。」

要問可行不可行的話，答案就是「可行」了吧。雖然可能讓拉蜜絲身陷危險，但只要我好好保護她就行了。既然已經選擇了獵人這種有危險相伴的職業，若是一味迴避危險的事，這輩子可都無法往前進了呢。

「歡迎光臨。」

「喔，不愧是阿箱啊，真有男子氣概。」

「阿箱說可以的話，那我也沒問題喔。」

拉蜜絲對我表現出百分之百的信賴。這樣的話，回應她的信賴，才是男人應為之事。就算變成一台自動販賣機，也不能遺忘身為男人該有的志氣啊。

「身為階層霸主，死靈王會帶著無數的魔物一起現身。那些小嘍囉就交給我們對付吧。」

愚者的奇行團的實力完全無須質疑，米歐爾的實力也是。跟死人魔戰鬥時，大胃王團看起來有些吃力，但因為他們動作很敏捷，所以不會被抓住。而且，對付骷髏系魔物時，他們的動作就比較得心應手，我想沒問題。

光聽作戰計畫的話，感覺成功機率很高呢。

「不過，這些畢竟只是紙上談兵。我們的行動基本上採取隨機應變的方針。要是情況不妙就馬上撤退。可別漏聽了我的指示喔。」

不是奮戰到死，而是抓準時機逃跑。這樣的應戰態度我並不討厭。愚者的奇行團其實是一支很重視伙伴性命安全的隊伍。所以，雖然嘴上老愛抱怨，但團員們都很喜歡這個團隊。

「能再問一個問題嗎？」

「有想問的都可以儘管問喔，休爾米。」

「老娘覺得這個作戰計畫不賴。但是，過去的其他獵人，都是怎麼打倒死靈王的啊？」

啊，對喔。畢竟這是以我的〈結界〉為前提想出來的作戰計畫。過去曾經前來討伐死靈王的其他獵人，究竟是透過什麼樣的方法打倒牠，我也很感興趣呢。

是說，像現在這樣商討作戰對策時，其他成員看起來都一臉狀況外，或說是只負責在一旁聽呢。換做平常的話，副團長應該也會加入討論，但現在感覺變成休爾米一枝獨秀了。

「其他獵人啊，就我所知……都是透過龐大的人數，不計犧牲地以蠻力對抗。又或是擬定足以因應魔法攻擊的萬全對策而後才出征。後者的做法跟我們有點像。」

前者可說是最糟糕的選擇呢。倘若不確定敵方的實力，以多人數的陣仗前來挑戰，或許並沒有錯，但不知道他們究竟讓多少生命犧牲了。

「關於敵人的特徵或攻擊方式等詳細資料，老娘已經統整成文字了，大家看一下吧。拉蜜絲，拜託妳解釋給阿箱聽喔。」

「嗯，我知道了。阿箱，我們等等一起來用功吧。」

「歡迎光臨。」

我不懂這個世界的文字，所以要麻煩妳了，拉蜜絲。雖然我也覺得差不多該學習異世界的文字了，但就連要怎麼請別人指導自己，我都想不出個方法。

這個世界的識字率似乎不算低。至少在清流之湖階層，我還不曾見過因不識字而困擾的居民。看起來像是將英文字母分解而成的異世界文字，若是沒有詳盡的參考資料，或是能夠從旁指導說明的人，實在很難靠自學學會。

「就是這麼一回事。大家自己好好用功吧～」

「好～」

愚者的奇行團和大胃王團的成員們舉起手回應。這樣的光景依舊很治癒人心。

我也得將休爾米整理的資料內容牢記起來才行。只要能得到敵方的情報，我或許就能從自己的功能中找出因應對策了。

「就是這樣。都明白了嗎？」

「明白了，休爾米老師。」

不知為何戴上眼鏡、一隻手拿著用來指黑板的細長棍子，另一隻手捧著資料的休爾米，為大家做了詳盡的解說。雖然有時說話口氣比較尖銳，但基於她很會照顧人的個性，大家的反應都很不錯。

我也整理一下吸收到的情報吧。

死靈王現身時，身邊總會伴隨其他魔物。每次出現的魔物數量不定，據說過去曾有過一次出現將近五十隻的事情。要是超過三十隻，記得要馬上撤退才行。

死靈王以魔法攻擊為主，能夠自在操作火、水、風、土四大元素，也很擅長暗黑魔法。不過，似乎無法使用光屬性的魔法，也討厭明亮的地方。如果我把機體的發光度調到最大，或許能讓牠退縮。

對魔法攻擊的耐性很高，但無法承受物理攻擊。魔法對牠起不了什麼作用的話，應該就會直接以物理攻擊為主吧。

此外，拉蜜絲跟我只要鎖定死靈王為攻擊目標就好，不必對付其他小嘍囉。以〈結界〉彈開牠的魔法攻擊，然後一口氣逼近、打倒牠，是最理想的狀況，如果沒能成功的話，誘導敵人集中攻擊我們就好。聽起來雖然滿簡單的，但跟我不一樣，拉蜜絲可是活生生的人。既然肩負起防禦的重責，我就要盡全力保護她。

每位成員都收到了療傷藥，如果只是輕傷，灑上它馬上會好。這部分倒是很符合奇幻世界的設定啊，幫了大忙呢。

這樣一來，如果找到死靈王也和牠打起來的話，就是我第三次和階層霸主交戰了。不斷提昇獵人成就的自動販賣機是怎麼一回事啊。

作為一個轉生到異世界的故事，這樣的發展或許很理想，但轉生成自動販賣機這點……不對，這種時候就要換個方向思考。身為一台自動販賣機，卻還能充分享受在異世界的生活，得好好感受這樣的幸福才行。

而且，我不只是個笨重的累贅，而是有確實幫上大家的忙。我應該可以以這點自豪吧？

「責任重大呢。我們一起加油吧！」

「歡迎光臨。」

當然嘍，拉蜜絲。前一個階層霸主的尾刀被別人撿走了，這次，我們可要一起討伐階層霸主喔。我覺得妳的實力值得更高的評價。

以「拉蜜絲的伙伴」的身分名揚四海，正是我的理想。

現在，拉蜜絲已經逐漸習慣這個階層的氛圍，也不像之前那麼害怕了，所以應該能期待她有活躍的表現。雖然得小心不要自滿過頭，但我們愈是活躍，就愈能降低參加戰鬥的其他伙伴的危險。這正是我和拉蜜絲所期望的。

「拉蜜絲，別太緊繃了。在這場戰鬥中，假使、萬一我們之中有人戰死，這也不是任何人的錯。別忘了，大家都是能接受這一點，現在才會站在這裡的吶。」

說著，休爾米將手擱在拉蜜絲頭上。雖然休爾米完全沒有戰鬥能力，但作為情報提供者和精神支柱，是不可或缺的存在。

聽到休爾米的發言，其他伙伴也重重點頭。大家必定都不想死，也不打算死吧。只是必須做好這樣的覺悟而已。

我果然還是不希望任何一名成員死掉耶。諸如「壞蛋也有人權」、「無論有什麼理由，殺人就是不對的」之類的想法，壓根不存在我的心中。看到陌生人葬身在陌生的環境，我也不會感到心痛。

可是，只要是曾經跟我買過東西的人，我就不希望對方死去。獵人是個危險長伴左右的職業。對選擇了這個職業的人而言，我明白這是個強人所難的冀望。

儘管如此，我還是打從心底期盼聚集在這裡的人，全都能平安地一起返回聚落，然後再來跟我買東西。

「哎呀，不過，還是得先找到死靈王再說啦。那麼，為了提昇士氣，來喝那個充滿氣泡的飲料吧。」

「在大胃王比賽喝過那個之後，我也迷上它的滋味了呢。」

在休爾米這麼提議後，我將瓶裝可樂賣給所有成員。

「那大家來乾杯吧。」

「贊成！轉開蓋子……乾杯──！」

「乾杯！」

大家圍成一個圈圈，一起高高舉起瓶裝可樂，然後帶著微笑將瓶口湊近嘴邊。

感覺好像在看某牌可樂的廣告一樣啊。等這次的探索行動結束後，大家再聚在一起用可樂乾杯，好像也不錯呢。

# 決戰

「團長。阿紅捎來報告，說他發現前方出現了疑似死靈王的魔物。」

透過紅白雙胞胎能在遠距離狀態下心電感應的加持能力，我們收到了前往偵察的阿紅，以及大胃王團的兩名成員的聯絡。

「發現了嗎？交代阿紅等人，要他們待在一定距離之外監視對方的行動。我們也加快腳步吧。」

要正式開戰了嗎？我已經在內心多次模擬過戰況，所以應該不要緊。要是情況危急，就堅守防禦的立場吧。

沒有戰鬥能力的休爾米，也坐在山豬貨車上和我們一起前往現場。載貨台上的布幔被取下，身為弓箭手的菻伊在上頭待命，以便在開戰後進行遠距離攻擊。

再加上大胃王團的絲各和佩魯也在貨車旁負責護衛，我想不會有問題。畢竟，我們不能把休爾米留在原地，也無法讓她獨自返回聚落。

「大概花十分鐘就會抵達目的地了。大家做好心理準備吧。」

聽到手持韁繩、坐在車伕座位上的凱利歐爾團長這麼說，眾人點了點頭。

高速前進的山豬貨車上，坐著愚者的奇行團的成員和休爾米。大胃王團和拉蜜絲則是在一旁奔馳。

雖然也差不多習慣了，但在揹著我的時候還能這樣輕鬆衝刺，拉蜜絲的腳力真的很驚人耶。如果能在沒有背負任何重物的狀態下，靈活施展這股力量，她應該會強大到不輸給任何人才對。只是，她現在似乎還無法順利收放自己的力量。只能透過反覆練習，繼續讓身體習慣了。

「喔！是他們。」

阿紅、大胃王團的米可涅和休特，正躲在前方的岩石陰影處。看到他們揮手，我們減緩速度靠近，所有人一起躲進陰影處。

「現況如何？」

「死靈王就在這前面。身旁還有一批疑似是任牠使喚的魔物。五隻死人魔、五隻死靈魔、八隻骨人魔，還有四隻焰飛頭魔。」

團長簡潔的提問，得到了確實的回答。死靈王身旁一共有二十二隻魔物。雖然還在事前擬定的作戰計畫的容許範圍內，但感覺數量有點多呢。

「不至於應付不了，但是……首先，還是希望能減少這些小兵的數量吶。」

「因為副團長不在嘛。用弓箭的話，在敵軍逼近之前，我還能打倒幾隻就是哩。」

一口氣剷除小嘍囉的方法嗎……因為在場的成員無人能使用魔法，要說遠距離攻擊，就只有萊伊的弓箭和團長的飛刀了。因為手掌形狀的緣故，大胃王團的成員無法靈活運用投擲武器。而拉蜜絲的命中率又太低。

雖然可以用〈高壓清洗機〉噴水來澆熄焰飛頭魔的火焰，但這對其他魔物沒有效果。根據阿紅的說明，這群魔物被安排守在死靈王的四周，那麼，或許要反過來利用焰飛頭魔的火焰才對？這樣的話，變形成〈自助式煤油機〉，朝他們噴灑煤油，讓那一帶變成一片火海怎麼樣？

喔，這或許意外是個妙計耶。保險起見，或許把煤油換成燃點比較低的汽油或柴油比較好。功能清單裡也有〈自助式加油機〉這個選項嘛。

「如果能設法清空這群小嘍囉，之後就能輕鬆一點了……喔！阿箱，你想到什麼對策了嗎？」

發現我改變了外型，凱利歐爾團長瞬間瞪大雙眼。看到他們這麼期待我的表現，感覺是不賴啦，但問題在於他們能否馬上理解〈自助式加油機〉的使用方式。

乍看之下，跟一般自動販賣機沒兩樣的四方形機體上，插著紅、黃、綠三種顏色的噴嘴。日本的成年人大概都知道，紅色是一般汽油（註：辛烷值未達九十六）、黃色是高級汽油（註：辛烷值在九十六以上）、綠色則是柴油。

拉蜜絲似乎也有什麼想法。她將變形後的我放在地上，然後目不轉睛地盯著我看。那麼，接下來就是問題所在了。我該如何讓他們理解使用方式呢？

「這跟會噴水的那個裝置很像吶。可以把這個拔出來嗎？」

「歡迎光臨。」

只是看了一眼，休爾米便敏銳地相中了柴油的噴嘴，將它拔出來細細端詳。如果這樣就能理解用法，就太好了呢。

「構造跟會噴水的那個果然很像。壓下這個的話，前端也會噴出什麼東西是嗎？」

「歡迎光臨。」

幸好有先讓她理解高壓清洗機的用法呢。

「老娘可以壓下這個試試嗎？」

當然了，我求之不得啊。

「歡迎光臨。」

休爾米將噴嘴朝向沒人在的地方，然後握住壓桿。下一秒，噴嘴前端猛地射出一道透明液體。其實，上頭原本還加裝了必須將噴嘴插進汽油桶裡，才有辦法供油的安全裝置，但我把它解除了。

「嗚哇，這個好臭喔！」

大胃王團的成員們紛紛掩鼻蹙眉。

休爾米放開壓桿，將噴嘴插回我的機體上後，開始蹲下來研究地上那灘柴油。

「阿箱，這可以碰嗎？應該不是什麼有毒的東西吧？」

「歡迎光臨。」

只是稍微接觸到，應該不會有問題。只是手會沾上柴油的臭味而已。

「這臭味還真難聞吶。摸起來的觸感滑滑的，跟油很像。拿張紙來沾沾看好了。」

接著，休爾米拿著沾滿柴油的紙，走到一小段距離外，又從懷中掏出一個巴掌大小的圓桶狀物體——點火用的魔法道具。

過去，我曾經盤算過「百圓打火機在這個世界應該很好賣」的念頭。但發現能代替打火機的魔法道具在市面上相當普及之後，我就斷然放棄販賣打火機了。

休爾米將魔法道具前端出現的火苗靠近那張紙。

「唔喔！老娘原本還覺得這液體跟油很像，結果它超級助燃耶。」

休爾米迅速放開著火的紙張，觀察它落地後仍持續燃燒的光景。她在火光映照下的笑容，看起來有點可怕。

「是那個吧，阿箱。你要我們拿這種很會燒的油去潑那些傢伙？」

「歡迎光臨。」

正確答案，休爾米。

「那麼，由我衝進敵營，朝他們噴這種油就好了吧。」

「這麼做也是可以，但是……不，等等。這個應該還有其他運用的方式喔。阿箱，這東西能裝進原本用來裝水的容器裡頭嗎？」

看到休爾米露出似乎想到什麼妙計的笑容，我瞬間明白了。當然當然，隨妳想的去做吧。

「歡迎光臨。」

趁著死靈王尚未有任何動作的時候，我們完成了這場戰鬥的準備作業。

「那麼，就按照作戰計畫來吧。別忘了自己被分配到的工作……我們上！」

所有人一起從岩石的陰影處衝出去。我和拉蜜絲則是隔了半拍後，才直接衝向死靈王的正面。

雖然還有一段距離，但死靈王似乎已經察覺到我們的行動，開始指示身邊的小兵對付我們。

發現魔物們離開死靈王身邊，成群朝我們逼近後，其他伙伴開始朝牠們投擲手中的寶特瓶。

拉蜜絲則是跟著拔出柴油的噴嘴，瞄準這些魔物。

呈拋物線飛出去的寶特瓶來到魔物們的正上方時，我讓瓶子消失。於是，裡頭滿滿裝著的液體——亦即柴油，便瞬間灑在那些魔物的身上。

焰飛頭魔的火焰點燃了柴油，魔物們身處之處隨即化為一片火海。再加上拉蜜絲用噴嘴繼續朝牠們噴灑柴油，火勢一下子變得更猛烈了。

為了避開突然竄起熊熊大火的區域，伙伴們分別繞到兩側。但我和拉蜜絲則完全不把這片火海當一回事，直接衝了進去。

我的〈結界〉可以完全隔絕外界的烈焰、高溫和二氧化碳，讓拉蜜絲能在大火中一口氣衝向前。

雖然視野完全被火海掩蓋，但敵方想必也是相同的處境。因為我們剛才刻意慢半拍出發，現在，其他伙伴應該已經以夾擊的隊形，衝進死靈王的視野之中了。

在敵人將注意力集中在伙伴身上的時候，我們衝出了這片火海。

賓果！現在來到死靈王正前方的我們，和牠約莫維持著十公尺左右的距離。出現在眼前的是穿著一身布滿金色刺繡的漆黑長袍的骷髏。

看似正準備發動魔法攻擊的牠，在瞥見我們後隨即轉移目標，將一根以好幾隻臂骨組成的魔杖指向我們。

魔法攻擊要來了！我的〈結界〉已經做好萬全準備。無論是什麼魔法，我都會確實擋下來給你看。

魔杖的前端是無數個緊握的白骨拳頭。下一刻，這些拳頭全數張開，從掌心釋放出閃光。

是閃電嗎！電氣可說是對自動販賣機最不利的屬性呢。我的〈結界〉成功彈飛了所有攻擊，沒有讓半點靜電漏進來。這個瞬間，沒有眼球的死靈王，臉上兩個漆黑窟窿深處的紅色光芒似乎搖曳了幾下。我的表現讓牠動搖了嗎？

「竟然擋下了吾的魔法！那淡藍色的光芒……莫非是結界？真會賣弄小聰明！」

喔，這骷髏說話了。聽起來是很有威嚴的理想嗓音呢。若是深究「牠明明沒有聲帶，為什麼還能說話？」這點，就太不解風情了。畢竟，我也是一台擁有個人意志的自動販賣機啊。

能夠一眼看穿我的〈結界〉的死靈王，生前或許真的是一位優秀的魔法師吧。這樣的話，就得趁牠發揮實力前迅速將之擊潰才行了。

趁著死靈王將注意力放在我們身上時，莯伊和凱利歐爾團長先後對牠投射箭矢和飛刀。

「無謂之舉。」

死靈王輕輕揮動手中的魔杖，接著，牠的兩側腋下出現了以白骨打造而成的高牆。又揮了一次魔杖後，白骨防禦牆崩塌下來，但形成這片牆壁的骷髏們沒有因此粉碎，在降落至地面後，便開始攻擊我們的伙伴。

一道防禦牆大約會分解成三十具骷髏，所以一共有六十具。面對如此大量的敵人，恐怕無法期待伙伴做出支援我們的行動了。

「小丫頭。妳背後的箱子……暗藏玄機吧？」

「這個嘛，我也不知道呢！」

拉蜜絲隨便敷衍死靈王的提問，然後朝牠衝過去。

接下來，就是一對一再加一台的戰鬥了。像這樣跟拉蜜絲兩個人獨自挑戰魔王級的敵人，這還是第一次呢。鼓起幹勁上吧！

# 一人與一台的力量

「碎冰如雨，貫穿吾敵。」

死靈王叨唸了一句聽起來像咒語的台詞，下一刻，無數的冰尖掩埋了我的視野。數到十之後，我就放棄計算這些冰塊的總數了。

「要衝過去嘍！」

「歡迎光臨。」

妳放心吧。我會把這些攻擊全都擋下來的。

碎冰不斷砸上〈結界〉的淡藍色防禦牆，但從未成功入侵至內部。

《點數減少1。點數減少1。點數減少1——》

除了維持〈結界〉讓點數每秒不斷減少以外，每當被碎冰砸中，我的體內也會浮現通知訊

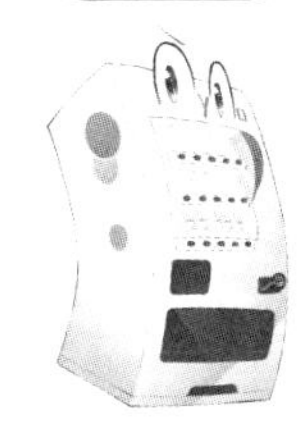

息。因此，這些文字現在可說是如同瀑布的水流般不斷湧出。

不過，站在我的角度，因為剩餘的點數還很多，所以這種程度的削減不算什麼啦。輕鬆、輕鬆。

「唔，這加持能力實為棘手。是那名小丫頭……不，是寄宿在她身後的魔法道具之中的靈魂的力量？既然如此，以火……噢，他們就是從火海中衝出來的嗎？那麼，颶風呼嘯。」

碎冰雨之後是暴風嗎？還差幾步就能碰到牠了耶。

〈結界〉外頭的地表被迎面刮來的一陣狂風掀起，連同墓碑一起飛向我們的後方。

儘管〈結界〉有防風效果，但因為表面積增加，也讓我變得更容易受風吹影響。

「哼哈哈哈哈！就算是刀槍不入的結界，吾也有數不盡的對策。汝等就連同結界一起被颳走……嗯？」

原本自信滿滿的死靈王，現在張大嘴巴盯著我們看。

在強勁到足以掀起地表的狂風中，拉蜜絲仍一步步往前進。雖然風壓很驚人，但她重重踩下足以陷入大地裡的每一步，同時維持著上半身往前傾的姿勢，持續不停向前走。

「汝等為何沒有被颳飛？怎麼回事？莫非是以魔法妨礙風勢？」

不，只是透過她的怪力而已。是用物理的方法在抵抗喔。

「不輸給狂風，也不會輸給冰雹。特攻……粉碎……粉碎……」

憑藉自身的蠻力不斷往前進的拉蜜絲，開始碎唸一些聽起來很危險的詞彙。

「無論是冰、風、火，都無法對汝等造成什麼影響嗎……那麼，厲聲哭嚎吧，大地。」

所謂的魔法咒語都是這樣的台詞嗎？雖然感覺很帥氣，但每當聽到這些咒語，我內心就有點蠢蠢欲動呢。沒錯，就是國中二年級的男孩子都知道的那種病，此刻好像又要發作了。

嗯，現在不是想這種蠢事的時候。震動從拉蜜絲腳下傳來的同時，地面也開始出現龜裂。接著，伴隨一聲巨響，大地硬生生裂成兩半，一片漆黑的深淵出現在下方。

「等……等等！」

可不能讓拉蜜絲就這樣整個人倒栽蔥跌下去。我變形成〈紙箱自動販賣機〉。在背後少了幾百公斤的重量後，她的負擔應該會瞬間減輕。

「這……才不算什麼呢～～～」

拉蜜絲朝斷崖的崖面猛力一蹬，朝斜上方跳躍，然後再朝對側的崖面重重踢一腳，不斷重複這樣的動作。讓我想起有款主角是忍者的動作遊戲，也是像這樣踢著牆面往上呢。

「汝等實為值得玩味的人類。閉合吧，巨顎。」

斷成兩半的大地慢慢合起來了。但在完全密合之前，拉蜜絲最後的一踢，讓她高高躍升至半空中。

「豈有此理！」

看到從深淵飛升上來的拉蜜絲，死靈王錯愕不已。現在，我們大概在牠上方十公尺左右的位置。她還跳得真高呢。死靈王就在正下方，這可說是絕佳的方角。

「呃，總之先……飛──踢！」

躍升至頂點後，開始急速下降的拉蜜絲做出踹人的姿勢。話雖如此，光憑她個人的體重，攻擊力恐怕很有限呢。不管她擁有多麼驚人的怪力，如果無法確實踩在地上，威力就會驟減。

想提昇她目前的攻擊力的話，讓體重增加就行了。這是很簡單的道理。這樣的話──

「汝以為這樣的踢技能奈吾如何？看吾怎麼迎擊。集結、集結、集結，孕育自深淵的魔窟邪──」

唔，豈能讓你得逞！我變形成以前也曾登場過、全長在三公尺以上的巨大自動販賣機。下墜速度雖然只有稍微變快，但成功錯開了時機。此外，目睹我在半空中變化樣貌，死靈王因困惑而不自覺中斷詠唱。我們就這樣直擊牠的臉部。

「咕嘎！」

拉蜜絲的腳陷入死靈王的臉骨。就連被她揹在身後的我，都感覺到了某種東西碎裂的觸感。

「哇……哇……喝〜〜！」

狠踩死靈王的臉後，跳到地上的拉蜜絲踉蹌了幾下，但最後還是順利站穩腳步，以緊握的雙拳猛搥死靈王的身體。

同時，和可愛的吆喝聲格格不入、遠超過打擊聲響的一陣爆炸聲迸裂開來。整個人彎成完美く字型的死靈王被高速打飛出去。啊，甚至還有殘像呢。

跟地面平行飛出去的死靈王，身體斷成了上下兩截。上半身像個高速旋轉的陀螺般飛向天空，消失在視野之中，下半身則是重重摔落地面，一邊不斷翻滾一邊揚起漫天塵沙，最後以雙腳朝天的姿勢停了下來。

雖說死靈王的體質原本就不堪重擊，但拉蜜絲認真起來攻擊，竟然會變成這樣嗎？她果然很強呢。如果能自由控制這樣的破壞力，她一定會變得更加、更加強大。

「喂喂喂，怎麼光憑你們就打完了啊？」

其他伙伴也差不多打倒了所有骷髏小兵，現在都聚集過來了。變回平時的自動販賣機好了。米可涅提往被打飛到遠處的死靈王墜落的地點，將牠勉強殘留的頭蓋骨撿了回來。休特則是把雙腳朝天的下半身拖回來。

雖然有一半以上的部位已經粉碎，但我們順利把即將消滅的死靈王的一部分集中在這裡。

「這傢伙還在苟延殘喘吶。」

凱利歐爾團長這麼說，睥睨著那塊被他踩在腳下的頭蓋骨。他這樣的動作，或許是在暗示「要是還想打什麼餿主意，我就馬上踩碎你」的意思吧。

「竟敢……用腳踢……偉大超凡的吾……汝……必得……千刀萬剮……」

「都快死了還這麼跩啊。我就早點把你踩碎，然後收下硬幣好了。」

「硬幣……哼哈哈哈……汝等……莫非視吾為……平庸的……階層霸——」

「所有人都離開！」

聽到瞬間臉色大變的團長突然這麼喊，待在附近的團員們紛紛朝地面猛蹬一腳，跳向後方退避。

大胃王團也久違地發出「咕啊啊啊啊啊！」的恫嚇聲，然後迅速四散逃跑。

雖然不知道這是什麼狀況，總之，先發動〈結界〉！

淡藍色的光芒籠罩了拉蜜絲。同時，我的視野被一片黑暗吞噬。

《點數減少500。》

怎……怎麼搞的？我的周遭變成一片漆黑了！

點數會減少，代表我正遭到攻擊嗎！這是怎麼一回事？是死靈王竭盡最後的力氣自爆了嗎？

「阿箱，這是怎麼一回事呀！發……發生什麼事了！」

我也想知道答案啊，拉蜜絲。聽到她慌張的嗓音，我稍微恢復冷靜了。窮緊張也沒用，冷靜下來判斷現況吧。

《點數減少500。》

我的點數仍在持續減少。這片黑暗是敵人的魔法之類的嗎？透過〈結界〉，我感覺黑暗是從上方籠罩我們的樣子。

就這樣忍耐了片刻後，漆黑的洪流退去，我的視野裡終於出現了光芒。籠罩我們的黑暗消失後，我的點數也不再減少了。

「騙人……大……大家……」

黑暗退去之處，留下了一個類似隕石撞擊坑的巨大坑洞，我和拉蜜絲便站在撞擊坑的中心點，只有我們腳下的地面仍殘留著，形成了一種常理無法解釋的神祕地形景觀。

至於其他伙伴……則是七零八落地倒在撞擊坑外側的地上。他們還活著——我想這麼相信。

大部分的成員大概都昏過去了吧，目前呈現一動也不動的狀態，只有團長和米歐爾勉強掙扎著試圖起身。至少他們倆還活著這點不會有錯。

「哦～……竟有能承受吾的暗黑魔法的人物存在。」

我將視線移往這個聲音傳來的高空處，發現那裡有一具比死靈王還大上兩倍的骷髏漂浮在半空中。

牠看起來是個披著連帽長袍的銀白色骷髏，不過，那襲長袍上頭的刺繡圖樣，比死靈王的來得加倍精緻。儘管披上的是一具枯骨，仍散發出高貴非凡的氣質。

除了有四隻手臂以外，身後似乎還有一條白骨尾巴若隱若現。

「無能的弟子。吾可要回收渴求光芒的亡者之手了。」

浮在半空中的骷髏伸出手，將掌心往下。接著，撞擊坑的地面隆起，原本埋在底下的死靈王的魔杖浮空，回到牠的手中。

「優秀的魔法道具，理應回歸優秀的主人之手……汝不這麼認為嗎，來自異世界的訪客？」

這具閃閃發光的銀色骷髏能看穿我的真面目？被藏在兩個漆黑窟窿之中的那雙眸子凝視，讓我有種連自動販賣機體內都被看透的感覺，不禁全身發冷。

雖然不知道這傢伙是何方神聖，但想必是比我們打倒的死靈王更高階的存在。

「你……你是誰？」

「唔，雖然早已遺忘自身之名，但吾多半被稱為冥界之王。是被汝等喚作死靈王的那個廢物的支配者。」

果然是比死靈王更高階的存在嗎？這種情況下，只要走錯一步，就會發生無法挽回的事情。目前，生死未卜的伙伴有大胃王團和紅白雙胞胎。勉強維持清醒狀態的，則是凱利歐爾團長和米歇爾。該怎麼做才能得救？才能拯救大家？

如果只拯救拉蜜絲的話，我只要待在原地以〈結界〉熬過去即可。因為我的剩餘點數還很充足。剛才打倒死靈王之後，我也獲得了不少點數，所以有自信能夠防禦到最後一刻。

然而，這樣就無法拯救其他同伴了。若是能捨棄他們的話……

「這就是階層霸主的硬幣嗎？實為無趣的素材吶。」

冥界之王只是動了動手指，便讓那枚硬幣浮升至牠的眼前。但在失去興趣後，牠任由硬幣因地心引力而往下掉，在地上滾了好幾圈。

「你……你為什麼要做這種事！」

「汝問為何？吾來這裡狩獵，又有何妨？汝等不也是為了滿足一己之慾，而出手攻擊死靈王？突襲應該也是獵人擅長的戰法才是。」

「話……話是這麼說沒錯……」

「人類的世界，似乎有這樣的一句話吧——己所不欲，勿施於人。這可是連孩子都明白的道理。」

「可……可是，這是……」

「『這是』什麼？汝想說這是不同的兩回事嗎？那麼，吾倒想聽汝細細說明不同點為何吶。是吧，人類？」

這傢伙在調侃拉蜜絲取樂呢。這就是絕對強勢的存在，對絕對弱勢的存在表現出來的遊刃有餘。一般情況下，這應該是反擊的好機會，但我完全看不到半點勝算。

能不能只憑藉我的功能，來突破眼前的現狀？

現在，敵人已經從半空中降落到地上了。有沒有對牠有效的攻擊法？

引誘牠踏進自己製造出來的這個撞擊坑，然後用我事前大量排出的乾冰讓牠窒息……這好像沒意義呢。我不覺得骷髏需要呼吸。再說，如果牠又逃到半空中，我們就沒戲唱了。

食品類的商品也沒有意義。也無法期待冰塊或水的效果。還是朝放棄打倒他的方向構思策略吧。恐怕應該努力思考逃走的方式才對。

可是，在這種狀況下又該怎麼逃走呢？如果能分散對方的注意力，說不還有機會成功。

「唔喔喔喔！」

在一陣長嘯後出現的紅色閃光，從冥界之王的頭頂直直劈向地面——那裡有著揮下大劍的米歇爾的身影。

他平安無事嗎！

「那是吾的幻影。實為遺憾吶，漆黑鎧甲的年輕人。」

「呼……呼……突襲對你果然不管用嗎……」

呼吸相當急促的米歇爾，必須將大劍當成枴杖支撐自己的身體，才能勉強維持站姿。

挨了剛才那一擊，果然不可能平安無事嗎？米歇爾恐怕是在瀕臨極限的狀態下，使出剛才那記斬擊呢。

「哎呀呀，先讓惡人掉以輕心，再予以痛擊，汝的良心可曾受到譴責？究竟什麼才是正義之人應有的風範？哼！」

冥界之王聳聳肩，以尾巴朝米歇爾橫掃過去。完全沒有餘力避開的米歇爾，在毫無防備的狀態下吃了這記攻擊，在地上翻滾了好幾圈。

「噢，汝不願賜教嗎？」

「長舌的傢伙，少在那邊假正經地提問啦！」

另一個人聲突然傳來。是休爾米！對了，擔任後衛的她，跟菈伊都待在一段距離外的山豬貨車上，所以仍是活蹦亂跳的狀態。

繼她的怒吼聲之後，接著是朝冥界之王筆直飛過去的幾瓶寶特瓶。

隨即明白休爾米的意圖的我，讓寶特瓶的瓶身消失，企圖透過先前那種方法，讓裡頭的柴油灑到冥界之王的身上。

「是那個容易燃燒的油嗎?哼!」

只是輕輕吐一口氣,冥界之王的兩側就出現了狂風形成的防禦牆。看來牠打算將柴油全都颳飛。

「你太天真哩!」

燃燒的箭矢伴隨莯伊這句話射來,在半空中將柴油——錯了,是瓦斯引爆。還沒來得及接觸狂風防禦牆,箭矢便爆炸起火。

「拉蜜絲、阿箱,快趁現在逃走哩!」

「動作快!」

在兩人催促下,拉蜜絲雙腳一蹬,跳上撞擊坑的外緣。這時,我當然也沒有忘記變形成〈紙箱自動販賣機〉,減輕自己的重量。

「團長、米歇爾,你們也快點上來!得趕快開溜才行哩!」

山豬貨車在掙扎著想從地上爬起的這兩人身旁停下,車上的休爾米和莯伊準備將他們拉上載貨台。

「我也來幫忙!」

拉蜜絲一口氣衝向山豬貨車,輕輕鬆鬆將兩人從地上撈起,然後放上載貨台。

「我們先逃走吧!」

「可是大家還……！」

沒等其他人回應，休爾米便駕著貨車高速逃離現場。雖然有些不情願，但拉蜜絲也只能跟著衝刺離開。

我將視線移往後方，發現倒在地上的伙伴沒有任何變化。將剛才爆炸引發的烈焰吹散後，冥界之王現在是再次漂浮在半空中的狀態。不知為何，他沒有採取任何動作，只是睥睨著我們。

怎麼回事？是判斷我們連動手的價值都沒有，所以放任我們逃走？無論理由為何，只要能活下去就好。現在只求可以順利逃走。

『汝等要上哪兒去？還沒有回答吾的提問吶。』

骷髏語氣蠻橫的這句話，直接在我的腦中響起。這跟加持能力的〈心電感應〉似乎很像呢。所有人似乎都能聽到他的聲音，但大家都沒回頭。休爾米駕車的速度更快了。

『哎呀呀。沒人教過汝等，與人對話時，得看著對方的眼睛，聽對方把話說到最後嗎？近來的年輕人都很不懂禮數，真是困擾。』

好像住在鄉下的老爺爺會說的話啊。倘若牠只是一個對禮數很囉唆的老爺爺，倒還沒什麼問題，但因為牠是力量強大到讓人傻眼的冥界之王，所以可就另當別論了。

雖然不知道〈心電感應〉的適用範圍，但如果只是講話而不攻擊的話，不管你想自言自語到何時，我們都不在意喔。

「汝等打算拋下同伴嗎？」

在沒有任何預兆的情況下，冥界之王突然出現在我們行進方向的前方。事情果然沒這麼簡單嗎？

就算直接撞上牠，對方也不是能透過這種衝撞意外打倒的對手。明白這一點的休爾米拉緊韁繩，企圖變換山豬貨車的前進方向。

「無法對話的對象，就和畜生沒有差別了吧。」

不知在打什麼算盤的冥界之王，沒有拿著魔杖，直接將空著的兩隻手往前方伸出。雖然猜不到牠想做什麼，但我總有種不好的預感。我維持著〈結界〉，為了不要錯過冥界之王的一舉一動，緊盯著牠不放。

枯骨狀的銀色手指微微闔起來之後，冥界之王的兩個掌心裡——多了休爾米和莯伊的身影。

「休爾米、莯伊！」

直到剛才都還坐在車伕座位上的那兩人，怎麼會出現在那裡？我望向山豬貨車，發現車伕座位上空無一人。

浮在半空中的冥界之王揪住了休爾米和莯伊的脖子。儘管那兩人不停舞動手腳抵抗，冥界之王卻視若無睹。

「擁有令人玩味的加持能力的小丫頭，以及有異世界訪客的靈魂寄宿其中的魔法道具。吾對汝等深感興趣，所以就放汝等一馬吧。畢竟汝等仍在成長過程中，是今後值得期待的人物。」

「放開那兩人！」

拉蜜絲激動地衝出去。雖然想阻止她，但要是現在將她強行攔下，恐怕會讓拉蜜絲後悔一輩子吧。儘管明白這是冥界之王為了讓她採取動作的挑釁法，現在還是得讓她去！

「明白兩者之間壓倒性的力量差異，仍欲垂死掙扎嗎？很好、很好，吾愈來愈中意汝這樣的氣魄了。英雄的冒險故事，正是深受吾喜愛的東西吶。欲使挑戰惡勢力的英雄變強，註定需要『伙伴殞命』這樣的契機。吾也得好好扮演惡勢力的角色才行！」

「住……住手啊啊啊啊！」

我的內心浮現最糟糕的發展。我變形成〈紙箱自動販賣機〉，免去拉蜜絲背後的負擔。她猛力朝地面一蹬，一口氣飛越原本需要走十幾步的距離。然而——

「狂舞吧心臟，享受自身之死。」

冥界之王說完這句話的瞬間，一片黑暗包覆住菻伊和休爾米的身體。兩人的身子狠狠抽動了一下。

接著，冥界之王鬆開手，菻伊和休爾米跟著頭下腳上地墜落。

「嗚啊啊啊啊啊！」

被拉蜜絲重重踩下的地面炸裂開來，揚起大量土沙。她一口氣跨越十公尺以上的距離，滑行到持續下墜的兩人下方，在她們撞上地面前接住她們。

「趕上了嗎，汝表現得很好。作為獎勵，就把那兩人的屍骸還給汝吧。吾非常期待汝等的成長。吾會暫時停留在這個階層，汝等隨時都可以前來報仇雪恨。」

說完這些後，冥界之王高舉手中的魔杖，從現場消失了。

「休爾米、莯伊！快點回應我！拜偷……拜偷妳們……快回應偶啊……」

或許是明白伸手拍打兩人的臉頰的話，自己的怪力可能會帶來危險，所以拉蜜絲只是在她們的身旁緊緊握拳，然後不停掉淚。

拉蜜絲和莯伊看起來彷彿只是陷入沉睡一般。不過，看到拉蜜絲這麼慌張，我也沒有愚蠢到會樂觀地以為她們沒事。

「休爾米，妳不是說好要一直協助我的嗎……莯伊，大家……孤兒院的大家都還在等妳呢……所以，拜託……真的拜偷妳們……」

「混帳東西……我的同伴……混蛋啊啊啊！」

「我……我又……眼睜睜看著……」

或許是山豬貨車趕過來了吧，我聽到米歐爾和團長沉痛的嗓音。

米歐爾單膝跪地，勉強以大劍支撐著這樣的姿勢，血絲從被他緊緊咬著的嘴唇滲出。

團長拖著勉強能動的身子跳下載貨台，趕過來褪去莯伊和休爾米身上的鎧甲與衣物。

我原本還想怒吼「都這種時候了，你是在幹嘛」，但後來發現是自己誤會了。他是要對莯伊進行胸外心臟按摩。

「拉蜜絲！心跳停止時的急救方法是獵人的基礎知識，妳應該也學過了吧！別只是在一旁發呆！」

「嗯……嗯！」

拉蜜絲將我擱在一旁，一邊謹慎拿捏雙手的力道，一邊開始替休爾米按摩心臟。

拜託妳們，一定要得救啊！

雖然說起話來很粗魯，但有著擅長照顧人的大姊頭個性，一直都是拉蜜絲的心靈支柱的休爾米。她同時也是願意試著了解我的重要存在。

開朗活潑、食量驚人，為了孤兒院的孩子們盡心盡力，因此以獵人身分持續活動的莯伊。

這樣的她們，現在一動也不動地躺在我的眼前。

「不行，她還是沒有呼吸！」

拉蜜絲悲痛的吶喊聲，在這片荒涼的大地上迴盪。

只能放棄了嗎？真的什麼都沒辦法做，只能默默接受她們的死亡了嗎……還沒有！現在放棄還太早了！

那傢伙剛才唸了「狂舞吧心臟，享受自身之死」這樣的咒語。而且，這兩人的遺體也沒有任何外傷，看起來彷彿只是睡著了而已。相信凱利歐爾團長的判斷的話，她們現在應該純粹是心跳停止的狀態。既然這樣，就還有辦法救回來！

我隨即從功能清單中挑選出某個之前就很在意的功能，然後兌換。

這台自動販賣機的機體，在中央靠右處有一扇透明的門，門的內側有個橘色的物體。一旁則是紅色心型的圖樣，以及〈ＡＥＤ〉三個大字。

我兌換的新功能是〈ＡＥＤ〉，就是所謂的自動體外心臟去顫器，是能夠以電擊的方式，讓心跳停止的人起死回生的醫療器具。

在地震災害頻傳的這幾年，作為因應緊急情況的設備，能夠同時設置簡易式廁所或ＡＥＤ的自動販賣機愈來愈多了。託這種機型的福。我現在才有辦法取得這個功能。

從那兩人目前的狀況來看，使用這個的話，我相信她們就會復活了！

「咦？這是什麼……咦！」

發現我的變化後，拉蜜絲仍未停下按摩心臟的動作，只是以一雙不斷溢出斗大淚珠的眼睛看著我。她恐怕不明白現在的我是什麼機器吧。這也理所當然。看到現在的我，就能明白用途為何的異世界居民，不可能存在。

就算是日本人，看一眼就明白的人大概也在少數，即使明白這是一台ＡＥＤ，要實際操作，想必也不免讓人猶豫。

讓心跳停止的人復活，可是必須和時間賽跑的作業。沒有猶豫的時間了！

因為無法對拉蜜絲說明，所以也不可能全權交由她來操作。雖然機身裡頭備有圖解說明書，但要理解內容，還是得花上一段時間。

我現在剩多少點數啊……有一百二十二萬點耶！這樣就很充足了！

和大家合作討伐死靈王的獎勵、至今一點一滴慢慢賺來的成果，再加上焰巨骨魔的硬幣報酬，讓我累積了這麼多的點數。

現在，我應該兌換的能力就是——〈念力〉。

這項加持能力的效果是《可操控自己周遭半徑一公尺以內的物體。但能操控的重量有限，且對象僅限自身的商品》。

雖然不知道ＡＥＤ能否算在商品裡頭，但也找不到其他辦法了。沒有遲疑的理由！

以一百萬點兌換了〈念力〉的我，盯著ＡＥＤ努力發功。結果，透明的外蓋打開，裡頭的ＡＥＤ也跟著跑出來，輕飄飄地浮在半空中。

很好很好很好很好，突破第一關了！接下來是打開ＡＥＤ的箱子，把黃色的電擊裝置擱在地上，將電擊片貼在對方的胸……可惡，搆不到！只能移動半徑一公尺內以的物體，現在成了最大的阻礙嗎！

「咦！道具浮在半空中……阿箱，這是你做的嗎？你現在是試著想幫忙對吧？難道……難道……這可以把她們救回來嗎！」

「歡迎光臨。」

聽到我以肯定的答案回應自己不抱期望的提問，拉蜜絲瞬間瞪大雙眼。

「真……真的嗎！呃，你想用那個連著繩子的四方形做什麼對不對？呃……呃……讓她們兩個更靠近你就好了嗎？」

「歡迎光臨。」

「嗯，我知道了！」

儘管拉蜜絲以相當敏銳的洞察能力做出反應，但基於內心的焦急，我還是覺得她花太多時間了。冷靜一點。雖然陷入輕度恐慌，但拉蜜絲仍然拚命動腦思考，做出支援我的行動呢。

我務必得冷靜下來對應才行。選擇〈ＡＥＤ〉這項功能時，我便已經理解它的使用方式了。

剩下的只有付諸實行。

「我把她們帶過來了！」

拉蜜絲讓休爾米和萩伊並排躺在足以接觸到我的機身的位置。

這樣就搆得到了。首先……抱歉，莯伊，但我要先救休爾米嘍。

我把電擊片貼在休爾米的右胸上方和左側腹下方。透過這樣的動作，ＡＥＤ便會自動分析心電圖，判斷是否有進行電擊的必要。

『心電圖分析中。請勿碰觸需救助者的身體。』

因為有語音導覽，只要是日本人，應該都能操作才是。

『需進行電擊。』

「這是誰的聲音啊……我聽不懂他在說什麼呢。」

拉蜜絲聽不懂語音導覽的日文嗎？或許因為不是從我的本體發出來的聲音吧。提示有必要進行電擊後，裝置便會自動開始充電，待充電完畢，「請按下電擊鈕」的導覽語音再次傳來。

接著，只要再按下裝置上的紅色按鈕即可。沒有猶豫的時間了。之後還得對莯伊進行電擊呢。心跳停止狀態拖得愈久，能救活的機率就愈低……我要按嘍。不，等等，為了提昇能救活的機率，還有一件事要做。

我賭上些微的可能性，提昇了自己的能力數值中的命中率。雖然還不清楚這項能力數值帶來的影響，但要是多少能提昇ＡＥＤ這類功能的效果或性能，耗費的點數就值得了。

十……二十……三十……我將命中率提昇至四十。雖然點數少了十萬，但還在接受範圍內。

好，我要按下電擊鈕了！

『已進行電擊。現在可接觸被救助者的身體。』

進行電擊後，休爾米的身體抽動了一下，但還是不能因此放心。因為這有可能只是電流竄過身體造成的現象。接下來才是關鍵。

「休爾米……啊！她……她在呼吸了！休爾米、休爾米～～～！」

「真的嗎！那麼，莯伊也……」

太好了，真的是太好了，休爾米。看著在嚎啕大哭的同時，仍持續進行心臟按摩的拉蜜絲，我安心到幾乎要關閉電源了。不過，還不行。現在放心太早了，還得把莯伊救回來才行。

咦，這是怎麼回事？我操控電擊片的動作，感覺比剛才更精細又正確了耶。是提昇命中率之後的恩賜嗎？這樣的話，就能輕鬆把電擊片貼在正確的位置上了。

我活用成功救回休爾米的經驗，同樣對莯伊進行電擊後……她們兩人都恢復呼吸心跳了。

很……很好！看……看來是成功了呢。呼～～～～～～～～～

「莯伊！混蛋，竟讓我這麼擔心……謝啦，阿箱。你是她的救命恩人吶。真的很感謝你。」

凱利歐爾團長的傷勢，明明也嚴重到就算現在倒地不起都不足為奇的程度，他卻還是一邊溫柔撫摸莯伊的頭，一邊向我深深低頭致意。

團長的行動讓我深受感動。我甚至覺得，以後可以更加信任愚者的奇行團了。

# 蹂躪後

「大……大家呢？」

確認休爾米和莯伊都再次開始呼吸後，拉蜜絲停止哭泣隨即衝了出去。對喔，這兩人雖然沒事了，但其他伙伴仍完全沒有動靜。

雖然很想相信他們還活著，但從這個位置並無法判斷情況。只能等拉蜜絲把大家帶回來了……我能做的，僅僅是待在這裡祈禱而已嗎？

拉蜜絲以非比尋常的速度衝向其他伙伴，確認他們的傷勢和呼吸。她有時做出放心撫胸的動作，有時卻又喃喃叨唸著什麼。我和那些伙伴相隔的距離，讓我無法掌握正確的情況。

雖然很焦急，但也只能等她再次回來這裡了。

「所有人都沒有生命危險嗎……呼～～」

看著並排躺在我提供的浴巾上頭的伙伴們，凱利歐爾團長放心地重重吐出一口氣。

被冥界之王的攻擊彈飛的伙伴中，也有人身受重傷，但療傷藥和妥當的急救處理幫了很大的忙。現在，拉蜜絲正小心翼翼地將他們搬到載貨台上。

因為大家的傷口尚未完全癒合，剛才的衝擊也可能讓他們內臟受創，就算有點勉強，也必須盡快將他們送回聚落才行。

透過電擊撿回一命後，休爾米和菈伊仍是昏睡不醒的狀態，所以拉蜜絲也將她們和傷患一起扛到山豬貨車上。

「抱歉啊，米歐爾，看來得由我們倆輪流駕車了。」

「不要緊。託療傷藥的效果，我現在的狀況已經好轉很多。」

雖然嘴上這麼說，但凱利歐爾團長和米歐爾兩人的氣色看起來都很糟，跟「沒事」的狀態相差甚遠。無須提醒，他們或許也明白現在不是示弱的時候吧。

如果自動販賣機的商品也能加入外傷用藥或止痛藥就好了。然而，疑似是因為日本藥事法的規定，我生前從未看過販賣藥物的自動販賣機。國外似乎有這樣的機型，但我還是個人類時，生活並沒有富足到可以只為了朝聖這種自動販賣機而前往國外旅行。

在盡可能將車身震動控制在最小的狀態下，山豬貨車出發了。我們之所以急著返回聚落，最大的理由，是為了讓其他伙伴接受徹底的治療。然而，除此以外，擔心那傢伙——冥界之王可能會因為一時興起而再次現身的想法，也促使我們加快速度。

抵達聚落後，我們將伙伴運往亡者悲嘆階層唯一的一間診所。

看著伙伴接受妥善的治療，負責的主治醫師也掛保證說他們已經不要緊了之後，揹著我的拉蜜絲才放心地癱坐在地上。

不過，一度停止心跳的休爾米和莯伊暫時必須靜養。而其他遭受暗黑魔法攻擊的伙伴，除了肉體創傷以外，似乎也受到了精神損傷，無法只花幾天就徹底康復。

聽醫生說，他們最少也必須住院一星期以上的時間。

然而，在這樣的情況下，我們沒有時間悠哉坐著等伙伴恢復健康。向公會報告冥界之王現身一事後，傷勢較輕的團長和米歐爾，便被亡者悲嘆階層的公會長找去參加緊急會議。

接著，不消半天的時間，熊會長和其他階層的會長也紛紛趕來，讓我們再次體認到問題重大的事實。

此外，事情發生還不到一天，這個階層便下令禁止一般民眾出入，也陸陸續續有獵人聚集到聚落裡來。

為了收集目擊情報，拉蜜絲也好幾次被找去參加會議。我有聽到她說，會長們的表情看起來都相當凝重呢。

在待命的時候，我和拉蜜絲一起坐在亡者悲嘆階層的獵人協會外頭，茫然眺望著滿布厚重雲層的天空。

「之後事情會變得怎麼樣呢，阿箱？看到大家都順利存活下來，我放心多了，但那個冥界之王實在太強了。」

「歡迎光臨。」

我們被他壓倒性強大的魔力狠狠蹂躪。別說想打贏他了，我們甚至連對抗的方法都想不到。面對擁有高度智慧又能浮空的對手，我就派不上用場了。我深深體會到，過去能打倒那兩個階層霸主，真的是極其幸運的事情。

目睹伙伴險些遭到殺害的當下，因為滿腔的憤怒與仇恨驅使，我一心只想著要打倒冥界之王。但隨著時間經過，我慢慢冷靜下來，變得能正確判斷現實了。

「那個有四隻手的骷髏，到底是何方神聖呢？冥界之王什麼的，我完全沒聽過這號人物耶。不曉得休爾米知不知道？」

能夠將身為階層霸主的死靈王納入麾下的存在。我也很想知道牠究竟是什麼來頭。

「妳想知道冥界之王是何許人物嗎？」

上方傳來一個低沉的嗓音。我將視線移過去，看到一臉疲態的熊會長正在用肉球按摩自己的太陽穴。他戴著沒有耳架的夾鼻眼鏡，另一隻手揣著一大疊資料。

「會議結束了嗎，熊會長？」

「嗯，暫時算是。包含我們討論的結果在內，我有些話想跟妳和阿箱說。來裡面談吧。」

明明才剛走出協會的他，現在又轉身入內，並向我們招招手。因為很在意他想找我們談的內容，再加上有沒有理由拒絕，我便讓拉蜜絲揹起自己跟上。

來到一樓深處後，熊會長不費吹灰之力推開一扇看起來相當厚重的門，裡頭是有著一張巨大圓桌的會議室。

「拉蜜絲，妳隨便找個位子坐下來吧。」

拉蜜絲移開附近的一張椅子，將我放下來之後，自己再坐在一旁的椅子上。

在場者除了我們以外，還有凱利歐爾團長、米歇爾，以及我不曾看過的九名男女坐在圓桌前。

「這兩人應該無須向你們介紹了。其他與會成員，分別是各階層的獵人協會會長，或是代理出席的代表人。」

原來是這樣嗎？裡頭雖然有看起來八面威風、感覺很適合「會長」這個頭銜的人物，但也有看似比拉蜜絲還要年輕的孩子存在。那樣的年紀就已經當上會長了嗎？

呃，除了熟人以外，大家都對我投以好奇的視線呢。但我已經習慣這種感覺了。

「各位，這名少女，以及身為魔法道具的它，是在遇到冥界之王後的倖存者。他們想必是這次作戰中少不了的成員，所以我特別找他們一起過來參加會議。」

「清流會長，那個魔法道具就是傳說中可以用錢買到從未看過的商品的箱子嗎？」

一名身穿鮮紅色女用套裝的妙齡女子，一邊旋轉著手中的鋼筆一邊這麼問道。

「是的，初始會長。除此以外，它還有各種相當優秀的能力，曾經多次協助過我。是清流之湖階層優秀的獵人之一。」

會長們都是用階層的名稱來稱呼彼此嗎？比起清流會長，我覺得熊會長這個稱呼貼切多了。

「是嗎？不好意思，將話題扯遠了。我只是想問這件事。」

「唔，那麼，回到原本的話題吧。我認為，這次現身的冥界之王，恐怕就是那個在魔王軍中擔任左腕將軍的冥界之王。」

「喔喔喔喔！」

其他會長們發出驚嘆聲。總覺得他們吃驚的反應有點假耶。好像每個人早就知道這件事，卻還是刻意裝作驚訝的感覺。

「請問～魔王軍的左腕將軍是什麼呢？」

拉蜜絲戰戰兢兢地舉手發問。我剛好也想問這件事呢，真是完美的助攻！

「不知情也是很正常的。在遙遠的北方，有個由自稱魔王的存在統治的王國。魔王軍裡頭有好幾位將軍，他們的稱呼依軍階而不同。魔王將自己定位為『頭顱』，以手腳來比喻自己麾下的將領。軍階從高到低，依序是右腕將軍、左腕將軍、右腳將軍和左腳將軍這四名四肢將軍，而在他們旗下，還另有二十指將軍。」

也就是說，這個世界存在著魔王。而受魔王支配的數名將軍之中，地位第二高的便是身為左腕將軍的冥界之王嗎？

這感覺是很高階的存在耶。可是，在魔王軍裡實力排行第三的人物，為什麼會到這個階層來啊？是說，原來有魔王存在嗎？從這裡的世界觀來看，沒有魔王反而不太自然就是了。不過，魔王啊……

「雖然不明白冥界之王為何會出現在此地，但從當時的對話來判斷，這裡的階層霸主死靈王似乎是冥界之王的手下。我想，大家應該都知道，階層霸主是無法離開迷宮內部的存在。」

這樣啊？我還是頭一次聽說呢。

「在這個階層，死者的靈魂會匯聚成魔物。死靈王原本……或許也是在這個階層死亡的人類或魔物，吸收了其他亡魂後，才變成死靈王這樣的存在。又或者是透過其他方式闖入這座迷宮。雖然這些都只是假設罷了。」

原來還可能有這麼一段緣由嗎？聽死靈王和冥界之王的說法，這兩人之間確實存在著上下關係，冥界之王的說話語氣也比較像個上司。

「不過，這些不明之點，等一切都結束後再來考察就好了。問題在於該怎麼對付可能還滯留在這個階層的冥界之王。」

「方便我說幾句話嗎，清流會長？」

「請說，灼熱會長。」

此時舉手發言的，是個有著古銅色肌膚、筆直豎立在頭頂的深褐色髮絲、看起來熱血過頭的男人。

他身穿上頭描繪著火焰圖樣、看似夏威夷襯衫的上衣，以及黃沙色澤的褲子。感覺是個會出現在夏日沙灘的男人。

「這樣招惹魔王軍幹部沒問題嗎？要是一不小心打倒牠，後續可能會延伸出很多問題喔。」

「這點應該不需要擔心。真要說的話，先出手的人是對方。倘若魔王軍有意與我方大戰一場，我們也只能迎擊了。若是只出動少數戰力或許還有可能，但魔王軍想直接攻過來的話，就得先毀滅防衛都市或帝國才行。所以，這次的事件，我想應該是冥界之王的單獨行動。」

雖然對這個世界的地理環境還是沒什麼概念，但「帝國」位於這個迷宮所在的王國北方，而跟魔王軍接觸的地理位置上，則有一座「防衛都市」。必須先設法拿下這兩處，才能夠攻入這座迷宮——大概是這麼一回事吧。

「那麼，冥界之王又為何要採取這樣的單獨行動？」

「這點我們就無從定論了，初始會長。只是，這座迷宮仍有著不為人知的特性，若是在征服階層時——我個人的臆測還是就此打住吧。」

若是牽扯到政治，感覺就會變成很棘手的問題了。幸好可以忽略這一點的樣子。不對，應該說，如果能透過溝通談判，而把冥界之王趕出亡者悲嘆階層的話，對這裡的人來說更好呢。

「那麼，對策怎麼辦？」

「只有討伐一途了。牠在我們管理的迷宮裡頭對獵人協會的成員動手了。必須總動員擊潰才是。」

乍看之下，熊會長就像一名溫和有禮的紳士，但他那雙眸子中透出的光芒，足以讓人感受到野生動物強大的力量。這次，對於和自己交情匪淺的愚者的奇行團和大胃王團遭到攻擊一事，似乎讓他怒火中燒。

「你罕見地戰意十足吶。打倒魔物也是獵人工作的一環。要是持續被對方看扁，我們可就做不成生意了。我會從我那裡派遣幾個能力優秀的獵人過來。」

「初始階層同樣會派幾組人馬過來。」

在其他階層也答應派遣優秀獵人前來支援後，這場會議便宣告結束。感覺會演變成一場規模不小的戰役呢。

如果是身手高強的獵人集團，或許有辦法打倒那個怪物吧。

「拉蜜絲、阿箱、凱利歐爾團長，還有米歇爾。辛苦你們了。這次開會討論的結果，就如同你們所聽到的。現在，我想再確認一件事情。你們有意參與這次的冥界之王討伐戰嗎？」

「當然啦。讓我家的團員遭遇到那種事，我豈能輕易放過牠呢。」

「請讓我一同參戰吧。之前的交戰，讓我痛感自身的力量不足。為了一雪前恥，請務必讓我加入！」

之前的挫敗，完全沒有讓凱利歐爾團長和米歇爾一蹶不振，反而燃起了他們滿腔的鬥志。

我將視線移往在會議開始後就不發一語的拉蜜絲身上。她猛地抬起原本低垂的頭，臉上沒有展現出一絲恐懼或迷惘，有的只是堅強的決心。

「當然要參加！牠傷害了大家，還讓休爾米遇上那種事……不揍牠一拳，我可無法消氣呢！對吧，阿箱？」

「歡迎光臨。」

嗯，妳說的沒錯，拉蜜絲。讓牠見識一下我們的力量吧。

「我感受到各位的熱忱了。我會從隸屬於清流之湖獵人協會的成員之中，派遣最優秀的人才參加。我們一起合作討伐冥界之王吧。」

說著，熊會長伸出他握拳的手，和所有人拳碰拳打氣。這種時候，我真希望自己也生著手臂呢。

# 終章

跟拉蜜絲一起來到外頭後，我們在旅館附近的廣場坐下。她將我從背上取下，然後設置在身旁。

今天，亡者悲嘆階層的天空也很灰暗，一如往常地積著陰鬱的雲層。

「大家都沒事雖然很好，但果然還是有點煎熬呢。」

「歡迎光臨。」

面對那種程度的強敵，能夠保住一條性命，或許已經是值得開心的事情了。不過，看到伙伴受傷倒地，自己卻只能拚命逃跑，真的讓人很焦躁。

我原本還胸有成竹地認為，在變得更方便、功能也提昇過之後，自己已經確實幫上大家很多忙了。但經歷這次發生的事後，我的自信全都被粉碎了。

再怎麼樣，我都只是一台自動販賣機。雖然能以〈結界〉保護其他人，但也只是這樣罷了。

我沒有能夠舉起武器的雙手，也沒有能和大家一起在戰場奔馳的雙腳。

我把毆打敵人的工作完全交給拉蜜絲，只是被她揹在背後然後展開〈結界〉。我自以為是地認為，這樣就算幫上大家的忙了。

「太可惜了。」

我不自覺地輕聲開口。

「阿箱，你該不會覺得是自己害大家受傷的吧？」

拉蜜絲的發言讓我心頭一緊，自動販賣機的光芒跟著閃了一下。

透過光源的閃爍，或許能讓拉蜜絲多少感受到我的情緒起伏。但她仍不可能看穿我的想法。

儘管如此，拉蜜絲還是察覺到我的想法，然後這麼詢問我。

她為什麼能猜到無機質的機器的想法呢？

「歡迎光臨。」

「才沒有這種事呢！沒有這種事！」

拉蜜絲以雙手緊緊抓住我的機體，整張臉靠近到額頭幾乎快貼上我的玻璃板。被淚水潤濕的眼角向上揚起，嘴唇則是看似不甘心地緊抿著。

她在生氣……不對，是在為了我感到難過嗎？

「因為有阿箱在，偶才能平安咧。休爾米跟茯伊能得救，也素你的功勞啊！所以，不要有這摸令人難過的想法，拜託你咧……」

她為了我……為了一台自動販賣機而落淚。真是的，身為男人，讓這麼可愛的女孩子哭泣，真是太差勁了。

對我來說，拉蜜絲是最棒的旅伴。身為她畢生的搭檔，比起失意沮喪，我有更多該做的事情。

「喔，老娘原本也想鼓勵一下阿箱吶。看來沒必要嘍。」

聽到身後傳來的嗓音，我移動視線，發現熊會長以公主抱的方式將休爾米抱了過來。

她剛從心跳停止的狀態恢復生命跡象，所以應該要好好靜養才行耶。這樣動來動去沒關係嗎？

「休爾米！妳已經不要緊了嗎？」

「喔，老娘精神好得很吶，只是還有點全身無力。是老娘硬是要求會長抱自己過來的。因為老娘實在很想過來道謝……謝謝你喔，阿箱。」

被熊會長抱在懷裡的休爾米朝我微笑，但氣色看起來比平常虛弱很多。她離完全康復恐怕還有一段距離。

「歡迎光臨。」

「雖然老娘在戰鬥時幫不上半點忙，但可不覺得自己是個沒用的傢伙吶。老娘的力氣沒拉蜜絲大，要論戰鬥能力，也會先想到米歐爾或凱利歐爾團長。啊，會長也很強對吧？魔力的話，就屬菲爾米娜副團長最頂尖。不過，說到魔法道具技師，老娘覺得自己的能力可不會輸給任何人！」

「嗯嗯，因為休爾米手很巧，頭腦也很好呢。」

拉蜜絲用力點頭表示同意。

我的想法也跟她一樣喔。我從來不覺得休爾米沒用呢。

「阿箱，你也是啊。雖然無法靠自力移動，也無法戰鬥，但你能提供食物和飲料，還能施展〈結界〉吶。這樣還感嘆自己能力不足的話，可會被痛打一頓喔。不，應該讓拉蜜絲使出全力揍你才對！」

「太可惜了。」

對不起。請放過我吧。我不會再低落了。

聽到我的回應，拉蜜絲跟休爾米先是望向彼此，接著一起笑了出來。

「比起阿箱，我們才更應該沮喪吶。」

「我的力量實在太不夠成熟了……真的很難為情。」

凱利歐爾團長和米歐爾從一旁加入對話。

雖然他們的氣色看起來仍不算好，但還能出席作戰會議的話，應該就是恢復到不會影響日常生活的程度了吧。

他們踩著穩健的步伐朝我們走來。後方則是愚者的奇行團的其他成員，以及大胃王團。大家的傷口都已經做了包紮處理，但因為消耗掉的體力不會馬上恢復，所以腳步顯得不太穩。不過，他們仍以自己的力量走了過來。

沒有參加戰鬥的菲爾米娜副團長，因為擔心伙伴而走在最後方。

大家應該都被交代要靜養才對呢，為什麼全都走出來了啊？

「這幾個傢伙好像也想跟你說聲謝謝吶，阿箱。」

聽到凱利歐爾團長這麼說，所有人都以極其認真的表情望向我，然後——同時露出笑容。

「多虧阿箱先生，我們的團長和團員才能獲救。身為副團長，請讓我向你道謝。」

「真的得救了吶。我可是決定自己要為了保護美女而死，而且還要躺在她的腿上死去呢！」

「就是說啊！託你的福，這個夢想有機會實現了。」

菲爾米娜副團長對我深深一鞠躬，紅白雙胞胎則是朝我伸出豎起大拇指的右手，還眨了眨眼。

「謝謝你，阿箱。身為隊長，我得向你道謝才行。」

「得救了。」

「這樣一來，又可以吃炸肉塊吃得飽飽了呢。」

「佩魯，你怎麼開口閉口都是食物呀。得好好跟人家道謝才行喲。」

大胃王團的四個成員肩併著肩，彼此扶持著走過來。對我來說，能再次看到他們治癒人心的身影，就已經是最棒的謝禮了。

「差點死掉的時候，是你救了我對吧？太感謝你哩，阿箱。」

原本由紅白雙胞胎攙扶著的菈伊，離開了兩人身旁，像是倒在我身上似的撲了過來。接著，她擁住我的機身，然後獻上一吻。

「至少讓我回禮一下哩！」

面對完全呆住的我，菈伊露出有些害羞，又有些壞心眼的淘氣笑容。

「啊～！妳在做什麼啦，菈伊！」

「妳……妳這個人喔……」

拉蜜絲跑過來將菈伊從我身上拉走。

趁這兩人在拉扯的時候，休爾米悄悄來到我的面前，目不轉睛地盯著菈伊的唇印。

「那老娘也得答謝你才行嘍。」

這麼輕喃後，她和菈伊同樣輕輕吻上我的機體。

「啊啊啊啊！休爾米，妳怎麼也這樣啦！」

拉蜜絲伸手穿過休爾米的腋下，輕輕鬆鬆將她抱走。

啊，她讓休爾米坐在菈伊身旁，然後氣呼呼地鼓起腮幫子，開始對那兩人說教了呢。

沒想到會被那兩人親啊。這個異世界感覺比日本更接近國外，所以親吻或許算是一種問候的方式吧。就算這樣，身為一個男人還是很開心。

「真是的……阿箱，你好像也很開心喔？」

拉蜜絲的說教似乎結束了，現在，鼓著腮幫子的她來到我的面前。

「你可不能誤會咧。那素表達友好和感謝的行為，可不素愛情表現喔。」

是，敝人非常清楚。

「真素的……那兩個人怎摸可以做出這種……」

會迸出方言，就代表她現在很慌張嗎？

「那可不素能隨便對別人做的行為咧。啊！不過，如果素為了表達謝意，那……那偶也得這麼做才行嘍？嗯……嗯，阿母也有說過，要好好跟別人道謝才行咧。」

等……等等，拉蜜絲小姐？

漲紅著臉的拉蜜絲，將緊緊握拳的雙手扶上我的機身，掂起腳尖將臉靠近我。

喔喔喔！她……她的臉……她的嘴唇就快——

「偶……偶還素沒辦法！偶害羞得快死掉咧！」

在快要親到我的前一刻停下了動作的拉蜜絲，整張臉因為難為情而變得紅通通的，感覺頭頂都要冒出熱氣了。

呼～～嚇我一大跳呢。老實說，雖然也有點可惜，但這樣的結果才像拉蜜絲的作風嘛。

我這麼說服自己，然後放鬆地吐出一口氣。

「真是的。妳還是一如往常的害羞吶。這樣會吃虧喔。」

「這種小事，就快點完成哩！」

繞到拉蜜絲身後的休爾米和菈伊，嘴角揚起笑容，然後輕輕從背後推了拉蜜絲一把。

「咦？嗯嗯！」

一下子失去平衡的拉蜜絲往前倒，淡粉色的唇瓣也狠狠貼上我的機身。

咕！要是有觸覺，就更令人開心啦。不過，光是這樣，也足以令人開心又害羞了。

「咦！咦！妳……妳……妳們做什麼啦！休爾米！菈伊！」

拉蜜絲慌慌張張轉身逼近那兩人。

要是有肉體的話，我現在應該會情不自禁地露出笑容吧。剛才的沮喪情緒也早就煙消雲散了。

倘若我是個擁有四肢的普通人，應該就能跟拉蜜絲一起做更多開心的事了。

不過，正因為現在的我是這個身體，所以才能幫上伙伴的忙。這就是我在異世界轉生後的模樣。

既然如此，我只要以自動販賣機的身分，做自己做得到的事情就好了吧。

「呼～大吼大叫之後，喉嚨變得好乾呢。阿箱，能給我什麼好喝的飲料嗎？」

「也給老娘一瓶吧。」

「那我想要食物哩！」

拉蜜絲跟挨了一頓罵的兩人再次聚集到我身邊，認真挑選玻璃板後方的商品。

「我……我們也想要！」

「那我們也要！」

大胃王團和紅白雙胞胎也湊了過來。

還來不及回應，大家已經在我的前方排成一列隊伍。熊會長、團長和副團長也排在最後頭呢。

好！就換個心情，以一台轉生到異世界的自動販賣機的身分，做自己該做的事吧！

「歡迎光臨。」

# 後記

這已經是第三集了，所以應該沒有初次見面的讀者吧？賭上這萬中選一的可能性，大家好，初次見面，我是昼熊。正在閱讀我的第三本、又或許是第四本作品的後記的各位，好久不見。不知道大家覺得第三集的內容如何？

這次莯伊登場的次數相當多呢。以中性性格和驚人食量為明顯特徵的她，在這集表現出令人意外的一面。

說到中性又活潑的個性，感覺會跟拉蜜絲的角色重疊。但莯伊說話時獨特的語尾、過人的食量，以及其實有著會照顧人的大姊姊性格等特質，都在本集揭曉。

此外，作為新角色，帥氣、實力高強、看似個性穩重的米歐爾也登場了。因為是我的作品中的人物，所以，就算是乍看之下很完美的角色，也都會有著一些微妙的特質。

我個人很中意米歐爾這樣的性格。在真實世界裡，如果身邊真的有個這樣的朋友，可能時常會因他而捲入麻煩，但同時或許也會發生不少趣事呢。

此外，接近尾聲時，「那個」也出現了。每個故事都需要這樣的存在呢。

關於故事裡的大胃王比賽，我也想說幾句話。

在大胃王團和菻伊這幾個食慾驚人的角色湊在一起後，我想說給他們一個活躍的機會。要是他們參加了日本國內舉辦的大胃王比賽，主辦單位絕對會瘋狂賠錢吧。倘若我是主辦者，絕對會拒絕他們參加呢。

那麼，接下來請容我向和本作相關的眾多人物致謝。

繼變成自動販賣機的主角，以及第二集的塔斯馬尼亞惡魔半獸人等等亂來一通的設定後，這次沒有太引人注目的配角了對吧？加藤いつわ大人，感謝您每次都帶來如此迷人的插圖。

宣傳和編輯的工作雖然很忙碌，但也請別搞壞了身體喔，責編M大人。還有編輯部的大家希望我能以有趣的作品作為答謝大家的禮物就好。

感謝這次也向眾多親戚、朋友強力宣傳我的作品的母親，以及哥哥和他的家人。

也感謝我的朋友們。要我對這些朋友說一句的話，我想說「別再故意叫我『大師』啦」。

最後，選擇了這本作品的各位讀者，非常感謝大家！

晝熊

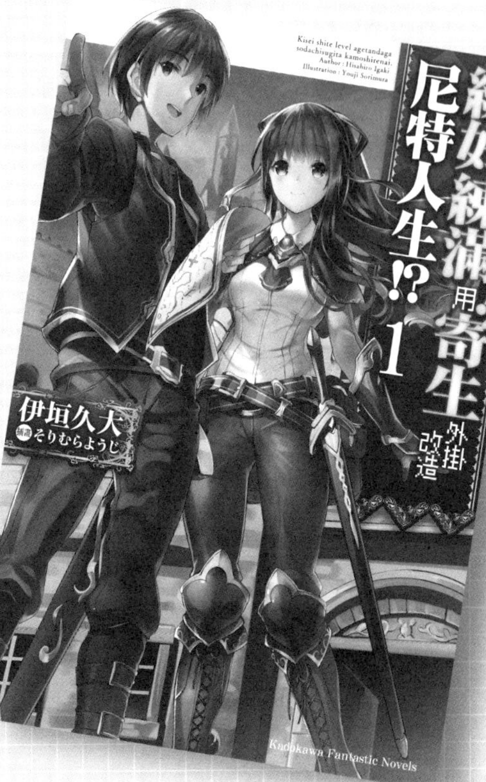

Kadokawa Light Novels

**關於我轉生變成史萊姆這檔事** **1~9 待續**

作者：伏瀨　插畫：みっつばー

**坦派斯特開國祭終於開始！**
**話題沸騰的魔物轉生記，熱鬧辦祭典的第九集！**

利姆路與魔物們賣力地為開國祭規劃，從音樂會到研究發表會還有作為娛樂設施的大型迷宮都令來客驚訝不已。主要活動之一的「武鬥大會」，「勇者」閃光正幸表態要參加，令觀眾為之激情沸騰。魔王利姆路與正幸的相遇會擦出何種火花……？

各 **NT$250~300/HK$75~90**

Kadokawa Light Novels

## 軍武宅轉生魔法世界，靠現代武器開軍隊後宮 1~9 待續

作者：明鏡シスイ　插畫：硯

**目標是丹·蓋特·布萊德！**
**世界的祕密終於揭曉——！**

奇奇終於找到了克莉絲的父親——丹．蓋特．布萊德伯爵。為了帶他回來，琉特等人前往魔王沉眠的魔物大陸，但於大陸深處再次見到的丹卻拒絕回去。要將丹帶回去的唯一方法，是以經歷了許多嚴峻考驗得到的力量戰勝他，展現出自己再也不需他人保護——

各 **NT$200~220/HK$60~68**

台灣角川

Kadokawa Light Novels

5
29歲單身漢在異世界想自由生活卻事與願違!?
著 リュート
illustration 桑島黎音
Kadokawa Fantastic Novels

## 29歲單身漢在異世界想自由生活卻事與願違!? 1~5 待續

作者：リュート　　插畫：桑島黎音

**獲得犯規能力，網路人氣爆表的主角威能系小說！**
**忙裡偷閒帶老婆去度假卻依舊陷入大危機!?**

勇者大志為了打造自己的國家而忙得不可開交。在那樣忙碌的生活中，他注意到老婆瑪爾似乎不太開心——於是大志帶著瑪爾來到名叫甘迪魯的城市，但是老天爺沒那麼好心會給勇者機會遊玩！29歲單身漢，難道無法在異世界自由生活嗎？

台灣角川

各 **NT$180~220/HK$55~68**

國家圖書館出版品預行編目(CIP)資料

轉生成自動販賣機的我今天也在迷宮徘徊 / 昼熊作
; 咖比獸譯. -- 初版. -- 臺北市 : 臺灣角川, 2018.05-
　冊 ;　公分
譯自 : 自動販売機に生まれ変わった俺は迷宮を彷徨う
ISBN 978-957-564-183-2(第3冊 : 平裝)

861.57　　107003773

Kadokawa
Fantastic
Novels

# 轉生成自動販賣機的我今天也在迷宮徘徊 3

（原著名：自動販売機に生まれ変わった俺は迷宮を彷徨う 3）

2018年5月24日 初版第1刷發行
2023年6月30日 初版第2刷發行

作者：昼熊
插畫：加藤いつわ
譯者：咖比獸

發行人：岩崎剛人
總編輯：蔡佩芬
編輯：黃怡珮
設計指導：陳晞叡
印務：李明修（主任）、張加恩（主任）、張凱棋

發行所：台灣角川股份有限公司
地址：104台北市中山區松江路223號3樓
電話：（02）2515-3000
傳真：（02）2515-0033
網址：www.kadokawa.com.tw
劃撥帳戶：台灣角川股份有限公司
劃撥帳號：19487412
法律顧問：有澤法律事務所
製版：巨茂科技印刷有限公司
ISBN：978-957-564-183-2